물은 끓고,
영원에 가까워진다

윤해서 소설집
물은 끓고, 영원에 가까워진다

펴낸날 2025년 9월 5일

지은이 윤해서
펴낸이 이광호
주간 이근혜
편집 김필균 허단 윤소진 유하은 최은지 김다연
마케팅 이가은 허황 최지애 남미리 맹정현
제작 강병석
펴낸곳 ㈜문학과지성사
등록번호 제1993-000098호
주소 04034 서울 마포구 잔다리로7길 18(서교동 377-20)
전화 02)338-7224
팩스 02)323-4180(편집) 02)338-7221(영업)
대표메일 moonji@moonji.com
저작권 문의 copyright@moonji.com
홈페이지 www.moonji.com

ⓒ 윤해서, 2025. Printed in Seoul, Korea
ISBN 978-89-320-4431-6 03810

이 책의 판권은 지은이와 ㈜문학과지성사에 있습니다.
양측의 서면 동의 없는 무단 전재 및 복제를 금합니다.

물은 끓고,
영원에 가까워진다

윤해서 소설집

문학과
지성사

차례

재현과 현시 … 7
8분의 9박 드로잉 — 무화無化하는 무無로서 … 27
리듬 … 61
가장 오래된 포털 … 99
두 발 움직이면 세 발 따라붙는 … 121
우리의 눈이 마주친다면 … 151
변성 … 189

해설 다른 서사·김나영 … 215
발문 기억과 망각 사이를 떠도는 존재를 '읽는' 문장들·이제니 … 235
작가의 말 … 241

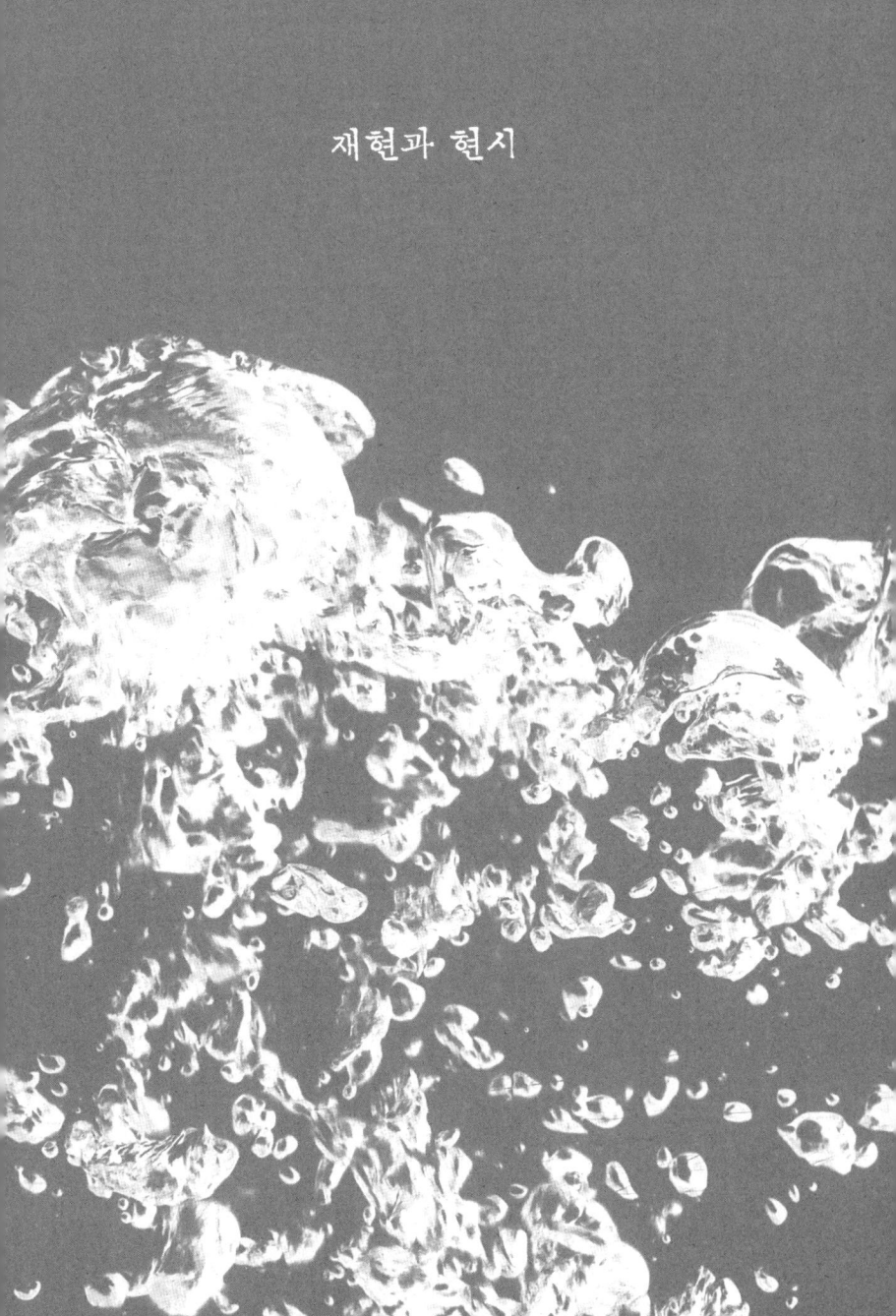

재현과 현시

흙더미 옆에 흙더미.

그는 부수고 있었다. 그는 커다란 주먹을 휘둘러 눈앞의 넛을 부수고 있었다. 얼마나 오래 같은 동작을 반복했는지. 그는 부수고 있었다. 주먹이 넛에 닿을 때마다 쿵, 쿵, 그가 서 있는 땅이 울리는 것 같았다. 제발 좀. 땅이 울릴 때 그는 발을 내려다보았다가 고개를 들어 넛의 오른쪽 끝을 가늠해보았다. 치켜들어. 꽉 잡아. 넛의 끝이 보이지는 않았다. 불 좀 꺼뜨리지 마요. 그는 뒤로 몇 걸음 물러났다. 다 사라지면 너 그때에도. 뒤로 몇 걸음 물러나자 넛은 좀더 많이 보이는 것 같았다. 곧 소행성이. 다시 뒤로 몇 걸음 더 물러났다. 넛은 조금도 멀어지지 않았고 조금 더 많이 보였다. 이번에는 넛의 왼쪽 끝을 가늠해보았다. 춤과 키스의 공통점이 무엇인지 압니까? 넛은 한 도시의 경계인지도 몰랐다. 넛의 끝이 보이지 않았으므로 그는 도시를 가로지르는 넛을 상상해보았다. 도시와 도시를 나누는 넛. 한 도시를 둘로 나누는 넛. 어떤 날 넛은 한 나라의 경계로 뻗어 나갔다. 시간을 지켜보는 일이 얼마나 지치는 일인지. 나라와 나라를 나누는 넛. 한 나라를 둘로 나누는 넛. 사실 넛의 오른쪽과 왼쪽이란 없었지만. 넛은 그의 상상에 따라 매일 새로운 것을 나누는 경계가 되었다. 시간과 시간을 나누는 넛. 사람과 사람을 나누는 넛. 그는 부수고 있었다. 시간을 지켜보고 있으면 시간이 나를 빤히 들여다보는 기분이 들거든. 그는 주먹을 휘둘러 넛을 찍었다. 그는 경우와 수치에 대해, 거리와 당위에 대해 생각했고 넛은 조금도 부서지지 않았다. 그는 부수고 있었다. 그는 주먹을 들어 있는 힘껏 휘둘렀다. 언젠가 사포는 노래했다. "당신이 내 말소리를 멀리서도 알아들었던 그때처럼, 언제나처럼 여기로 오소서." 그는 넛에 주먹이 닿을 때마다 넛의 내부에 균열이 생길 거라 믿었다. 겉으로 보기에 넛은 꼼짝도 하지 않았다. 그는 꼼짝없는 넛을 가만히 노려보다가, 숨을 거칠게 내쉬다가, 다시 주먹을 휘둘렀다. 이제부터 이것은 망고입니다. 그는 부수고 있었다. 그가 무엇을 위해 넛을 부수기 시작했는지는 그만이 알겠지만. 넛의 크기는 가늠이 되지 않았고 주먹은 조금씩 다른 부분에 빗맞았다. 그는 정확도가 필요하다고 생각했다. 손바닥만 씻지 말고 손등도 씻어.

뒤로 몇 걸음 물러났다. 그에게 넛은 넛이지 그 무엇도 아니었다. 두 손을 허리에 얹었다. 그러니까 섹스, 게임, 술. 가만히 넛을 노려보았다. 타격할 지점을 정확히 정하면, 같은 곳을 계속 때리면, 가능할 것 같았다. 그가 무엇이 가능하기를 바라는지는 그만이 알겠지만. 실제로 무엇이 가능할지는 아무도 몰랐다. 목숨이라는 말. 그는 넛에 표시를 남길 무언가를 찾고 싶었다. 수많은 자리 중에 방금 전에 주먹을 박은 자리를 기억하는 일은 불가능했다. 무시는 혀처럼 부드럽고 축축하게 스며. 방금 전에 내리찍은 자리가 조금 뒤에 바로 그 자리인지 그는 확신할 수 없었다. 올 때까지 기다릴게. 이런 방식으로 가다가는 주먹이 먼저 상하고 말 것이다. 침묵은 금이다. 넘을 수 없다. 주먹이 기능을 잃고 말 것이다. 그는 고독했다. 그는 자신이 주먹을 언제까지 쓸 수 있을지 알지 못했다. 그건 마치. 그러므로 한 점을 정확히 정하는 것은 그에게 주먹을 지키는 일이기도 했다. 슬픔은 은거한다. 겨냥과 조준에 성공할 수 있다면. 사방을 둘러보았지만 넛에 어떤 표식을 남길 만한 것이 쉽사리 눈에 띄지 않았다. 그의 앞은 넛이 막고 있었다. 초월에 대해 입 다물라. 그가 넛을 향해 서 있었기 때문에, 넛은 확실히 그의 앞을 막고 있었다. 앞이 막혀 있다면 뒤로 돌아야지. 그는 아주 쉽게 뒤로 돌았다. 입술에 입술이 닿았다가 떨어지는 소리. 그가 뒤로 돌았기 때문에 뒤로 돈 그의 앞에는 벌판이 있었다. 거기에 나무나 풀, 개나 고양이, 새나 물은 없었다. 벌판이었다. 끝까지 간다면. 끝이 보이지 않았기 때문에 순간 그는 끝을 생각했고 벌판의 가운데, 그의 앞을 향해 걸었다. 그건 낭만적이라기보다 파괴적이죠. 그의 두 발이 벌판을 가로질러 나아간다. 벌판은 온통 흙바닥이라 이따금 바람이 불어올 때면 흙먼지가 날려 그는 자꾸 눈을 감아야 한다. 그래서 오늘은 누구랑? 벌판에 있는 것은 드문드문 떨어져 있는 거대한 석상들과 그것의 그림자들. 저것은 매머드와 비슷하군. 그는 첫번째 석상을 지나며 생각한다. 속는 것과 믿는 것의 차이를 구분할 수 없는 한, 믿는 편이. 얼마 되지 않아 그는 매머드와 비슷한 석상과 얼마 떨어지지 않은 곳에 있는 또 다른 석상을 본다. 매머드는 아니고. 큉커나도 아니고. 도루돈도 아니고. 그는 잠깐 걸음을 멈추고, 석상을 바라본다. 매머드와 닮은 석상에서 매머드의 엄니와 짧은 뒷다리, 머리 위의 혹을 발견했던 그는 계속 석상을 바라본다. 저건, 그러니까, 저건, 그거. 그게, 윗입술 아랫입술 사이 벌어진. 닮은 것 같다. 정확한 그것이 떠오르지 않아서 그는 답답함을 느낀다. 둘에 하나, 지탱하는, 둘 이상. 비둘기? 그는 검은 석상 옆에 검은 석상을 본다. 에밀리, 순자, 쿠드롱, 알렉산더, 야우. 살 수 있나. 그는 50미터쯤 더 떨어진 곳에 조금 전에 본 석상보다 조금 더 작은 석상이 있는 것을 본다. 쿠에시, 범수구리, 콩송, 멜로디. 아니지. 사실 그가 벌판을 걷기 시작할 때, 그는 그의 시야에 들어온 셀 수 없이 많은 석상을 동시에 보았다. 비슷한. 비슷한, 뭔가. 뭔가. 그것들은 벌판의 끝까지. 오른쪽 끝과 왼쪽 끝까지. 그의 오른쪽과 왼쪽은 그가 뒤로 돌아서면 순식간에 왼쪽과 오른쪽이 되었지만. 왼쪽 오른쪽 오른쪽 왼쪽 모두 벌판이었다. 구멍을 찌르다. 허공을 찌르다. 그는 50미터를 천천히 걸었고, 그사이 바람이 두어 번 세게 불어 그의 머리카락을 흐트러뜨렸다. 작은 석상. 그건 넛 같았다. 분명 앞에 본 두 개의 석상보다 작은데도 그에게는 그것이 넛과 닮은 것처럼 느껴졌다. 작은 넛을 보자 넛에 표식을 남길 무언가를 찾기 위해 걷기 시작했다는 사실이 떠올랐다. 그는 벌판의 한가운데 우뚝 섰다. 그가 있는 곳이 어디든. 이렇게 계속 갈 수는 없다. 그는 불안했다. 흙먼지에 뒤덮인 자신의 발을 내려다보았다. 이건 아니지. 그의 앞을 벌판이 가로막았다. 그는 걸었던 순서를 생략하고 곧바로 자신이 있던 자리로 돌아올 수 있었다. 왜냐하면 그는 아직 한 발도 실제로 내딛지 않았기 때문이다. 그는 그저 생각을 해보았을 뿐이다. 저 벌판을 향해 걷는다면. 그가 생각만 하지 않고 실제로 그 벌판을 걸었더라면 무슨 일이 일어났을지는 그도 몰랐겠지만. 그는 걷지 않기를 잘했다고 생각했다. 표식을 남길 것을 찾을 수 없다면. 그는 지체 없이 뒤로 돌았다. 그가 뒤로 돌았기 때문에 그의 앞에는 넛이 있었다. 그는 넛에 어떤 표시도 할 수 없다는 것을 인정하고 타격할 한 지점에서 시선을 떼지 않기로 했다. 1 리드미컬한 미끄러짐 XI 쓸쓸하고 느긋한 $ 극과 극을 채우는 진동. 넛에 어떤 숫자나 기호를 새기거나 글자를 쓰는 일은 불가능했다. 그는 넛의 중심을 생각했다. 알아, 나도 너를. 넛의 심부. 머릿속으로 계속해서 넛의 심부를 떠올렸다. 중심과 주변. 어디에나 그런 게 있기 마련이지. 넛의 심부. 넛의 심부. 그는 머릿속으로 넛의 심부를 그렸다. 한 번, 두 번, 세 번. 계속 반복했고 반복을 다시 반복했다. 최초의 소리는 단조였는데. 처음처럼 다시 넛의 심부를 그렸다. 그렇게까지. 그 위에 다시 넛의 심부를 그렸다. 아니, 머릿속에는 있는데 단어가 입 밖으로 안 나온다니까. 그는 한자리에 넛의 심부를, 계속 넛의 심부를, 수없이 넛의 심부를 그렸다. 모든 것을 앞서간다, 값과 몫이. 그리고 그는 마침내 넛의 심부를 보았다. 계속 그려 넣은 넛의 심부가 이제 선명하게 그의 눈앞에 있었다. 그는 희열을 느꼈다. 그가 넛의 심부를 드러나게 한 것이다. 그가 넛의 심부를 발견한 것이다. 그것은 나타났다. 어떤 도움도 없이 넛의 심부를 찾아낸 기쁨에 그는 압도당했다. 아무 소리도 들리지 않았다. 그는 희열의 힘으로 주먹을 들어 올렸다. 이미 수없이 휘둘렀던 주먹이지만. 이미 수없이 쥐었던 주먹이지만. 마치 처음 주먹을 쥐는 기분이었다. 그는 두 주먹을 꽉 쥐었다. 어느 때보다 자신이 있었다. 주먹을 쥔 자신의 손을 가만히 보다가 그는 눈을 감았다. 어떤 말도 들리지 않았다. 눈을 뜨고 다시 넛을 보았을 때, 그의 눈앞에 넛의 심부가 있었다. 그가 눈을 감았다 떴다고 해서 넛의 심부는 사라지지 않았다. 열기가 그의 팔을 휘둘렀다. 그는 주먹이 정확히 넛의 심부를 맞히는 것을 보았다. 쿵. 그는 넛을 보았다. 쿵, 정확히 넛의 심부를 향해 다시 주먹을 휘둘렀다. 이번에는 좀더 힘이 들어갔다. 쿵. 체온의 상승으로 열기는 더 강해졌다. 쿵쿵. 그는 자신이 속도를 낸다고 생각했다. 쿵쿵쿵. 그는 그의 힘을 보고 있다고 생각하지 않았지만 그것을 바라보는 일에 큰 만족을 느꼈다. 도취의 정도만큼 넛은 조금씩 더, 점점 더 많이 부서지는 것 같았다. 그의 이마에 땀이 흘렀지만 그는 땀이 흘러내리는 것도 알지 못했다. 그는 들떴고, 기묘한 성취감에 사로잡혔고, 그를 사로잡은 기운이 그의 몸을 점점 덥혔다. 아무 소리도 들리지 않았다. 그는 그의 행동을 지켜보지 않았다. 그는 그 자신에 대해 생각하지 않았다. 쿵쿵. 쿵쿵. 그는 거의 주먹이거나 넛이었고. 그는 부수고 있었다. 주먹이 쿵, 쿵 넛에 닿을 때마다 바닥이 울렸지만. 땅이 울릴 때마다 그의 몸도 울리는 것 같았지만. 땅의 울림과 자신의 몸의 울림이 일치하는 순간에 몸을 부르르 떨 뿐. 그는 이제 조금의 오차도 없이 곧장 넛의 심부를 향해 주먹을 휘두를 수 있었다. 주먹이 매번 넛의 심부에 정확히 맞았다. 넛의 심부에 주먹이, 다시 넛의 심부에 주먹이 박혔다. 쿵, 쿵,

쿵, 쿵. 그는 속도를 높였다. 쿵 쿵 쿵 쿵 쿵 쿵 쿵 쿵 바람이 불어 눈에 흙먼지가 들어갔지만 그는 눈물을 질금거리면서도 눈을 감지 않았다. 그의 눈은 오직 넛의 심부만을 바라보았다. 수없이 많은 반복 끝에 그는 또 한 번 주먹을 휘둘렀고, 넛에 금이 갔다. 심부의 빈 중심을 가로질러 선은 순식간에 뻗어 나갔다. 그가 바로 그 점, 넛의 심부를 향해 수없이 주먹을 휘둘렀기 때문에. 그는 넛에 금이 가는 순간을 분명히 보았다. 금은 순간, 꽤 길게 뻗어 나갔다. 한 뼘, 한 뼘 반, 세 뼘, 세 뼘 반, 그 이상. 금은 넛의 심부 아래쪽을 향해 뻗어 나갔다. 그는 금이 뻗어 나간 순간을 다시 보고 싶었다. 너무 찰나여서 그 순간을 충분히 보지 못했다. 그는 아쉬움에 금을 가만히 바라보았다. 뒤로 몇 걸음 물러나 다시 바라보았다. 금은 몇 걸음 뒤에서도 선명하게 보였다. 그는 고개를 들어 금이 나아갈 수 있는 방향을 가늠해보았다. 고개를 완전히 꺾었다. 해가 떠 있어서 그는 반사적으로 눈을 감았다. 하룻밤이 지난 것이다. 그는 밤새 넛을 향해 주먹을 휘둘렀던 것이다. 그는 사방에 빛이라고는 없는 벌판의 한가운데에서 밤새도록 넛의 심부를 보았던 것이다. 그는 밤과 새벽과 아침을 보지 못했다. 다만 그는 부수고 있었다. 그에게는 목표가 있고 행동이 있고 결과가 있을 것이라는 사실만이 중요했다. 그는 눈이 부셔 눈을 감았다. 눈을 감은 채로 넛을 향해 똑바로 섰다. 눈꺼풀 안쪽이 뻑뻑했다. 눈물이 흘렀다. 그는 밤새 거의 눈을 깜빡이지 않았다는 사실을 깨달았다. 눈물이 충분히 흘러나온 뒤에 그는 천천히 눈을 떴다. 눈앞에 넛이 있었다. 그가 밤새 바라보고 있던 넛이었다. 넛의 심부는 어디에도 보이지 않았다. 이제 그의 눈앞에 보이는 것은 분명한 선. 전에 없던 선이었다. 선에 색깔은 없었다. 그는 참을 수 없는 갈증과 요의를 느꼈다. 그는 소리치고 싶었다. 이 역사적인 순간을. 그가 오직 그의 두 손으로 마침내 이루어낸 성공을. 그가 얼마나 오랜만에 맛보는 성취감인지는 그만이 알겠지만. 그는 참을 수 없었다. 그는 침을 삼켰다. 입에 자꾸 침이 고였다. 선을 바라보았다. 한번 생긴 선은 사라지지 않았다. 그는 그의 힘을 좀더 확실히 느끼고 싶었다. 그는 넛을 향해, 넛 너머를 향해 아주 큰 소리로 외쳤다. 마치 그 소리를 들을 누군가 있다는 듯이. 누군가 그를 지켜보고 있다는 듯이.

내가 만든 것이다.
내가 만든 것이다.
내가 만든 것이다.

그는 부수고 있었다. 자신의 힘을 지켜보는 일은 그를 쉬지 않고 일하게 했다. 이제 그에게는 오직 그의 소리만이 들렸다. 그는 주먹을 좀더 열심히 휘둘렀고, 좀더 빠르게 휘둘렀다. 동이 트고 사위가 어둠에 잠기기를 반복하는 동안. 동이 트다 부서지다 깨지다 흙바닥이 눈밭으로 변했고, 석상 위에 눈이 소복이 쌓였다가 녹았다. 석상을 타고 물이 줄줄 흘렀다. 석상에 얼룩이 생겼다. 석상이 붉게 물들었다가 어둠 속에 잠겼다가 빛을 받아 반짝거렸다. 그사이. 어떤 석상들이 어떤 석상들과 닮았는지, 어떤 석상들이 모래바람에 조금씩 닳아가는지 어떤 석상들이 영원히 자취를 감추는지 그는 알지 못했다. 그는 그가 생각해보지 않은 가치에 대해 생각하지 않았다. 그에게 없는 것은 없는 것이지 그 무엇도 아니었다. 그는 계속 넛을 향해 주먹을 휘둘렀고 그의 몸은 계속해서 일정 체온을 유지했다. 선은 사방으로 뻗어 나가기 시작했다. 모든 선이 그의 예상을 앞질러 갔다. 쿵쿵. 쿵쿵 쿵쿵. 셀 수 없이 많은 밤이 지났을 때, 그는 구멍을 보았다. 같은 자리를 계속해서 주먹으로 찍었기 때문에 그는 넛이 쪼개질 것을 상상했지만 넛은 꼼짝도 하지 않았다. 그는 넛에 대해 더 이상 생각하지 않았다. 넛은 어제와 오늘의 경계. 넛은 두려움과 두려움의 경계. 넛은 유혹과 유혹의 부름. 그는 곧 넛 너머를 보게 될 것이고 그는 넛 너머로 나아가게 될 것이다. 그를 막을 수 있는 것은 없을 것이다. 그는 그런 생각들을 하느라 쉼 없이 넛을 향해 주먹을 휘둘렀고, 다시 넛을 향해 주먹을 휘둘렀고, 마침내 구멍을 보았던 것이다. 넛의 끝. 그는 거기에 생긴 것이 분명 넛의 구멍이라고 생각했다. 빛이 쏟아져 들어오거나 바람이 불어오진 않았지만. 그는 그것이 구멍임이 분명하다는 것을 알았다. 그가 서 있는 벌판의 석상들이 비를 맞고 있었다. 그는 그때 분명 넛이 완전히 뚫렸다는 것을 느꼈다. 넛에 처음 금이 갔던 순간과 달랐지만, 주먹이 분명 뭔가를 뚫고 통과한 느낌이 들었다. 그는 주먹이 넛에 부딪혀 더 나아가지 못하고 멈춰 서는 감각을 분명히 기억하고 있었다. 주먹은 딱 그의 힘만큼 넛을 향해 나아갔다가 그의 힘보다 강한 넛의 힘에 부딪혀 멈춰 섰다. 이미 수천 번 수만 번 반복한 동작이었기 때문에 그는 알고 있었다. 언젠가 에밀 시오랑은 말했다. "무지는 모든 신들을 합쳐놓은 것보다도 오래되었고 더 강력하다."* 넛은 공고해 보였다. 넛은 단단해 보였다. 넛은 거대해 보였다. 아닌 게 아닌데. 그는 하마터면 중심을 잃고 넘어질 뻔했다. 그는 빠르게 주먹을 빼냈다. 넛에는 이미 꽤 큰 구덩이가 파인 상태였다. 제발요. 한 번만, 제발. 그는 그 구덩이의 바닥이 여전히 거대한 넛으로 막혀 있다는 사실에 매번 새롭게 솟아오르는 의지를 느꼈었다. 즈즈브브키키브브. 그런데 그 구덩이의 끝에 분명한 구멍이 생긴 것이다. 그는 그의 두 주먹 크기보다 조금 더 큰 그 구멍을 유심히 들여다보았다. 사랑을 나누는 사람들은 어디에나 있다.

---

* 에밀 시오랑, 『태어났음의 불편함』, 김정란 옮김, 현암사, 2020.

이야기를 나누는 사람들도. 구멍은 빈틈없이 막혀 있었다. 그는 구멍을 꽉 막고 있는 그것이 무엇인지 한참을 들여다보다가 그것을 만져보기로 결심했다. 그는 조심스럽게 넛의 구멍을 향해 손을 뻗었다. 눈물이 고이면 눈을 감게 되죠. 그는 손끝에 닿을 그것의 감촉을 떠올리다가 깨달았다. 그가 이미 넛 속에 들어와 있었다는 사실을. 파도, 파도. 이미 수없이 그의 손이 넛에 닿았다는 사실을. 그는 손가락 끝으로 넛의 구멍을 막고 있는 것의 촉감을 느끼며 깨달았다. 주먹으로 무엇도 만진 적 없다는 것을. 용도 변경. 그는 손을 빼냈다. 구멍을 유심히 들여다보았다. 어떤 질감. 그의 눈에 그것은 분명히 어떤 질감을 가지고 있는 천처럼 보였다. 고생이 많습니다. 손가락 끝으로 느낀 바로 그 질감. 그는 벌겋게 부어오른 자신의 손을 보았다. 방바닥이나 닦고 말해. 굳은살이 잔뜩 박인 손등을 보았다. 손바닥에 방금 전에 만진 것의 온도가 남아 있었다. 주먹을 꽉 쥐었다. 달려가 안기는 개의 숨소리. 저건. 그러니까, 저게. 얇은 모직 코트. 바로 그것과 비슷했다. 질량이 클수록 관성이 크다. 좋지 않은 재질의 모직 코트. 검정 코트. 그도 그런 옷을 가지고 있는지는 그만이 알겠지만. 유구한 외면의 질량. 그가 보기에 그건 분명 검정 코트였다. 왜 검정 코트가 넛을 가로막고 있는지는 알 수 없지만 검정 코트임은 분명했다. 웃음소리만 들어도 알 수 있어. 코트를 누군가 입고 있는 거라면. 그 코트는 곧 누군가의 등이었다. 꼬인 방식도 가지가지. 그가 코트를 향해 주먹을 휘두르면 바로 코트가 돌아서고, 코트가 그를 향해 주먹을 휘두르고, 양쪽의 얼굴이 터지고, 양쪽의 피가 흐르고, 누군가는 죽을지도 몰랐다. 당신 애들 생각은 안 해? 그는 코트를, 누군가의 등일지도 모르는 그것을, 그가 애써 뚫어낸 넛의 구멍을 막고 있는 그것을 가만히 보았다. 거기, 거기 누구요. 그는 불러보려다 말았다. 그는 귀를 기울였다. 그가 귀를 기울이자 일시에 모든 소리가 사라졌다. 그는 아직 넛의 안쪽이고 그는 넛 뒤에 누가 있는지 몰랐다. 고요했다. 그는 계속해서 휘두른 주먹으로 검정 코트를 밀어보았다. 검정 코트는 조금도 밀리지 않았다. 그는 구멍을 향해 두 팔을 뻗었다. 양손바닥으로 온 힘을 다해 밀었지만 검정 코트는 꼼짝도 하지 않았다. 그는 두 손에 자신의 체중을 모두 실어 다시 밀었다. 검정 코트는 움직이지도, 돌아서지도, 어떤 소리를 내지도 않았다. 아무 소리도 들리지 않았다. 씨발. 뭐야, 씨발. 그는 긴장을 풀기 위해 팔을 위아래로 털었고, 제자리에서 두어 번 뛰어올랐고, 의미 없는 말을 반복했다. 뭐야, 씨발. 뭐야. 욕이 저절로 나왔다. 씨발. 그는 두 주먹을 동시에 꽉 쥐었다. 몸이 식는 것을 느꼈다. 손이 시린 것도 같았다. 넛이 그가 가지고 있을지도 모르는 코트와 비슷한 코트를 입고 있다고 해서 넛이 아닌 건 아니었다. 저건 거의. 그는 더는 그것을 신경 쓰지 않아도 될 것 같았다. 순간 주먹을 쥔 손에 피가 도는 것을 느꼈다. 눈을 감았다. 지금까지 그랬던 것과 똑같이 넛을 향해 주먹을 휘둘렀다. 아무 말도 들리지 않았다. 넛을 향해 주먹을 휘둘렀다. 넛을 향해 주먹을 휘둘렀다. 흙먼지가 날렸다. 숨을 참고 주먹을 휘둘렀다. 아무 소리도 들리지 않았다. 넛을 향해 주먹을 휘둘렀다. 주먹이 튕겨 돌아오지 않고 넛에 꽂힌 순간, 그는 눈을 떴다. 넛에 박힌 주먹을 빼내기 위해 팔에 힘을 주었다. 주먹이 넛에 박혀 꼼짝도 하지 않았다. 그는 이번에는 주먹을 빼내기 위해 온 힘을 다했다. 넛이 주먹을 물고 있는 힘이 강해 주먹을 빼다가 팔이 빠질 것 같았다. 그는 넛에 발을 대고 몸을 뒤로 눕혔다. 그는 두려웠다. 식은땀이 흘렀다. 씨발. 그는 소리를 질렀다. 자신의 소리 말고는 어떤 소리도 들리지 않았다. 무게중심을 완전히 허공에 두었다. 순간, 주먹이 빠져나오면서 그는 뒤로 넘어졌다. 바닥에 떨어진 그의 몸에 얼얼한 통증이 느껴졌다. 그는 숨을 거칠게 몰아쉬었다. 빠져나온 주먹을 보았다. 상하거나 다친 곳은 없었지만 그는 분했다. 그는 외치고 싶었다.

넛은 넛이다.
넛은 넛이다.
넛은 넛이다.

동굴처럼 파인 넛 안은 고요했다. 그는 일어섰다. 넛을 노려보았다. 이제 그의 눈앞에는 주먹만 한 구멍이 있었다. 그는 자신의 주먹이 박혔던 자리를 피해 주먹을 휘둘렀다. 주먹을 보다 살살 휘둘렀기 때문에 주먹은 깊이 박히지 않고 바로 빠져나왔다. 그는 주먹을 빠르게 휘둘렀다. 다시 물리지 않도록 주의하면서 주먹을 휘둘렀다. 빠르게 치고 빠졌다. 주먹을 휘둘렀다. 넛 너머를 막고 있는 넛을 향해 주먹을 휘둘렀다. 주먹이 여러 차례 박혔다가 빠져나온 넛은 짓이겨졌다. 넛은 뚫렸다. 그건 너무 자연스럽고 빠르게 일어난 일이라 마치 오래전에 본 단 한 순간의 미래 같았다. 그는 순식간에 넛을 통과했다. 완전히 짓이겨진 넛을 보았다. 심장은 숨을 죽이고 있었다. 그는 주먹을 꽉 쥐었다. 아무 소리도 들리지 않았다. 못 할 게 뭐야, 씨발. 그는 마지막이라고 생각했다. 온 힘을 실어 허공을 향해 주먹을 휘둘렀다. 주먹이 전에 없이 빠른 속도로 날아갔다. 그리고 그는 바로 그 순간 앞으로 고꾸라질 뻔했다. 그가 넛에 대한 두려움 없이 주먹에 온 힘을 실었기 때문에. 그는 몸의 중심을 잃고 고꾸라질 뻔했다. 그의 주먹은 어디에도 박히지 않았다. 검정 코트. 그런 건 없다. 그가 주먹을 휘두를 때 습관적으로 눈을 질끈 감았기 때문에 그는 그것이 정확히 언제 사라졌는지 알 수 없었지만. 일의 시작과 끝. 단 한 번의 어떤 결심은, 상상은, 생각은. 구멍은 쉽게 뚫렸다. 무엇도 그를 막아서거나 그에게 어떤 것을 요구하지 않았다. 그의 앞을 막고 있는 것은. 뭐야. 그는 자신이 빠져나온 구멍을 향해 돌아섰다. 구멍에 침을 뱉었다. 구멍을 향해 주먹을 휘둘렀다. 그는 허탈했다. 한 발을 앞으로 내디뎠다. 흙바닥 위에 그어져 있는 금을 넘듯 넛의 구멍을 통과했다. 그는 구멍을 통과하자마자 빠르게 뒤로 돌았다. 이번에도 구멍을 향해 주먹을 휘둘렀다. 구멍은 확실히 뚫려 있었다. 다시 넛의 구멍을 통과했다. 구멍을 통과하자마자 그는 또다시 뒤로 돌아섰다. 넛을 보아야 했다. 넛의 구멍으로 빠져나오기 전, 그가 만들어낸 구덩이. 그가 넘어온 넛 너머. 뒤를 돌았을 때 그의 앞에는 여전히 넛과 넛의 구멍이라고 짐작되는 어둠이 있었다. 그는 피로했다. 어떤 소리도 들리지 않았다. 음. 그는 소리를 내보았다. 소리는 그에게 돌아오지 않고 사라졌다. 그는 몇 발 뒤로 물러났다. 음. 고요했다. 넛이 조금 더 많이 보이는 것 같았다. 음. 그가 넛을 향해 서 있었기 때문에 그의 앞에는 분명 넛이 있었다. 중심과 주변이 있게 마련인데. 그는 이미 여러 번 반복한 자신의 생각을 반복했다. 그가 낸 구멍. 넛의 심부. 그는 단숨에 어둠을 가로질렀다. 넛의 구멍을 등지고 앞을 향해 걸었다. 구덩이를 빠른 속도로 빠져나갔다. 흙먼지가 불어왔다. 숨을 참았다. 그의 정수리에, 어깨에, 발등에. 넛. 넛. 넛. 넛. 주먹을 휘두르던 감각이 그의 팔을 잡아당겼다. 쿵쿵. 쿵쿵. 어디선가 소리가 들리는 것 같았다. 쿵, 쿵, 쿵, 쿵. 환청이 아닌지도 몰랐다. 어둠 속에 석상들이 있을 것이다. 비는 그친 지 오래. 그는 어둠 속에서 익숙한 석상 하나를 알아봤다. 로체, 마칼루, 마나슬루, 이건, 흰, 검은, 영혼의. 그는 분명 그것과 닮은 것을 알고 있고, 그건, 눈 측백, 미선, 서어, 파괴의. 그는 그 석상이 어둠 속에 있어서 다른 것과 착각한 것일지도 모른다고 생각했다. 계속해서 다른 것, 성적인, 로맨스, 성적인. 조금 떨어진 곳에 조금 더 작은 석상들이 놓여 있다. 짝수와 홀수, 같은 크기의 석상 몇이 나란히 모여 있다. 이건, 적극적으로, 녹아내린, 망각의. 그는 끝내 그것의 이름을 떠올리지 못했다. 무엇과 닮았다는 인상만을 반복적으로 그리면서. 그는 계속 비장한, 변태, 태고의, 판타지, 뭔가 닮은 그것의 근처를 맴돌았다. 뭔가, 뭔가, 그런 건 없고, 조금 더 앞에 낯익은 석상이, 넛을 떠올리게 하는 석상이 있었다. 그는 이제 이 석상은 넛과 조금도 닮지 않았다고 생각했다. 그것은 너무 오래전의 일. 무엇도 아닌 무엇. 그런 건 없다. 그는 넛을 부수는 데 성공했고, 넛에는 분명 구멍이 뚫려 있기 때문에. 넛에 뚫린 구멍을 생각하자, 성취감이 차오르고, 눈앞이 조금 전보다 선명해지는 기분이었다. 그는 다시 한번 보고 싶었다. 그만한 넛의 구멍을, 힘을, 마음을. 그는 단숨에 구멍 앞으로, 넛 너머로 돌아온다. 그는 실제로 그 자리에서 한 발도 나아가지 않았기 때문에 돌아오는 절차는 간단히 생략된다. 그는 넋 너머의 어둠을 더 바라보지 않고 단번에 뒤로 돈다. 순식간에 벌판의 석상들, 어둠 속에 우후죽순 서 있는 석상들이 사라지고, 뒤로 도는 동작이 미처 끝나기 전, 후려침. 그는 쓰러진다. 그는 누워 있다. 그의 앞을 막고 있는 것은 아무것도 없다. 있었던, 있었던, 있었던. 그는 미처 석상들 사이를 벗어나지 못한 것처럼 방금 전까지 반복했던 방식으로 생각한다. 잊고 있었던, 잊고 있었던. 고등어 타는 냄새. 그것이 오랫동안 한 점을 겨냥해왔다는 사실만이 분명하다. 확실한 겨냥. 한 치의 오차 없는 조준. 그는 어렴풋이, 당신. 그의 팔은 주먹을 기억하고 있다. 거의 주먹이었던 그를 기억하고 있다. 밀어냄, 휙. 벌판이다. 어둠 속에 석상들이 끝도 없이 놓여 있다. 검은 석상 옆에 검은 석상. 큰 석상 옆에 더 큰 석상. 석상들이 드문드문 놓여 있는 벌판이다. 검은 석상과 검은 석상. 어두운 석상과 더 어두운 석상이 흙먼지가 날리는 바닥에 끝도 없이. 하나씩. 놓여 있다. 바람이 불어 그의 머리칼이 흐트러진다. 그의 두 눈은 감겨 있다. 아무 소리도 들리지 않는다. 더는 현실로 도망칠 수 없다. 그가 무엇이 가능하기를 바랐는지는 그만이 알겠지만. 절망은 부서지지 않는다. 쿵. 쿵. 쿵. 쿵. 쿵 쿵 쿵 쿵. 환청이 아닌지도 모른다. 그는 생각하지 않는다.

8분의 9박 드로잉
무화無化하는 무無로서

해변이 아름다워서.
해변이 아름다워서.

당신과 내가 무화無化되었다가 물화物化되기까지 걸린 시간.

나는 지금까지 3만 5,720끼를 먹었습니다. 정확하진 않지만 하루 평균 두 끼로 계산했을 때 대략 이 정도를 먹었다고 생각됩니다. 나는 지금부터 당신에게 그중 몇 끼에 대한 이야기를 하려고 합니다.
끼니처럼 절망.
파다한 체념.
뜨거운 아스팔트에 끓고 있는 죽은 인어들 같은 그런 이야기 말입니다.

그럭저럭 한 끼

 어떤 음악을 그대로 옮겨 적은 것 같은 날이 있습니다. 온도와 습도가 너무 높아서 무거운 공기가 숨을 짓누르는 그런 날은 도무지 더딘 음의 진행을 견디기 힘든 음악과 같습니다. 뜨겁고 무거운 공기 사이로 훅, 훅 숨을 불어넣고 있으면 음과 음 사이에 끼어드는 긴 침묵이 오래전에 죽은 영혼들의 육체 같아서 저절로 눈을 감게 됩니다. 눈을 감으면 곧장 어둠 속으로 들어갑니다. 몸이 어둠을 품고 있다는 것을 실감합니다. 그렇다고 내가 언제나 이런 엉뚱한 생각에 잠겨 있었던 것은 아닙니다. 언제나 딴생각에 잠겨 있는 쪽은 문이었는데 문은 항상 함께 있어도 멀리 있는 듯한 느낌을 주는 사람이었습니다.

 이런 날은 창이 큰 식당이 좋겠어.

 나는 이런 식으로 음식과 관계없이 식당을 정하는, 중요한 것에서 중요한 것만 빼놓고 고려하는 문과 꽤 오래 만났습니다.

 창을 완성하는 건 벽에 뚫린 구멍이 아니라 그 구멍으로 오고 가는 낮과 밤, 빛과 어둠, 창밖의 나무, 구름, 안개. 바람, 비, 같은 것들. 그리고 이따금 들려오는 새소리와 매미 소리, 어디선가 튀어 오르는 아이들의 소리라는 것을 알아.

 문은 이런 식으로 이야기를 시작합니다. 창이 큰 식당에서 말입니다. 나는 창가에 앉아 있고 식당의 큰 창으로 빛이 쏟아져 들어옵니다. 식당의 모든 벽면은 하얀색으로 칠해져 있고 크지 않은 2층 홀에 검은색 테이블과 의자가 드문드문 놓여 있습니다. 다른 손님들은 보이지 않고 식당 한쪽 구석에 커다란 알로카시아가 서 있는데 어린아이 키만 한 커다란 잎을 바닥으로 늘어뜨리고 있습니다. 알로카시아의 뒤편으로 거의 한쪽 벽면을 가득 채운 거울이 놓여 있어서 금장 테두리의 화려한 거울 때문에 알로카시아의 초록이 더 반짝거린다고 느껴집니다. 내가 앉아 있는 자리에서 알로카시아는 마치 두 개가 나란히 서 있는 것처럼 보이는데, 거울 속의 알로카시아와 거울 밖의 알로카시아가 똑같이 반짝거립니다. 내가 무심히 거울 속의 나를 보고 있을 때, 문은 또 같은 이야기를 다른 이야기처럼 시작합니다.

인간은 무無의 창窓이다. 인간은 무에 난 창이라 그 창으로 빛이 들고 어둠이 내려앉고 바람이 오간다. 생각이 마치 바람처럼. 그 창을 두드려 무의 보이지 않는 심연을 흔드는 것이다.

그렇지만. 이렇게 문이 하는 말의 절반은 알아들을 수 없고 나머지 절반은 음악 같아서 그 순간 나를 흔들고 갈 뿐 어떤 의미로 맺히지는 않습니다. 식당의 커다란 창으로 빛이 쏟아져 들어와 문은 선명하게. 나는 비나 눈을 좋아하고 언젠가 한 번은 꼭 온몸으로 비나 눈을 맞고 싶어. 꼭 한 번은. 젖고 싶어. 말하지만. 문은 비도 눈도 맞을 수 없습니다. 문은 몸 안에 어둠이 빛을 받아 밖으로 쏟아져 나온 몸. 반드시 빛과 함께 흘러나오는 어둠의 몸. 우리말로 그림자이니까요.

나는 3만 5,720끼 중 거의 절반 이상을 문과 함께 먹었을 겁니다. 보이지 않더라도 문은 언제나 거기 있었을 테지만. 나는 내 앞에 아무도 없을 때만 가끔, 문을 생각합니다. 어떤 음악을 그대로 옮겨 적은 것 같은 날.
알로카시아의 잎 그림자는 점점 길어지고.

문은 창이 큰 식당 바닥에 누워 있습니다.
밥보다 많이 먹은 유감.
문은 누워서 희미하게 생각합니다. 유독有毒.
유독惟獨 너만을 사랑해.
언제나 네 곁에서.

나의 첫번째 한 끼는 딴생각에 잠긴 그림자.
거울 속의 문입니다.

끝나지 않는 한 끼

그건 그렇고. 그날은 비 예보가 들어 있는 날이었습니다.

너는 오늘 많은 것을 배울 것이다.

오래전 나를 안녕1212라고 부르던 선생은 아침마다 우리에게 같은 예언(너는 오늘 많은 것을 배울 것이다)을 내렸는데 그날은 유독 그 예언이 자꾸 떠오르는 날이었습니다. 나는 그날 그 선생을 짝사랑했던 고등학교 동창과 저녁 약속이 있었고 저녁까지 비는 오지 않았습니다. 우리는 둘 다 광화문과 시청 사이에 있는 직장에서 근무했고 광화문과 시청 사이에는 두 개의 동상과 수많은 건물, 셀 수 없이 많은 고통과 창문이 있었습니다.

이 바닥에 있다 보면 어떤 생각이 드는지 알아?

기자로 일한 지 10년쯤 된 계춘이 메뉴판에 고개를 박고 말했습니다. 우리가 그즈음 자주 가던 주꾸미집이었는데 벽에 주꾸미의 효능이 잔뜩 적혀 있었습니다.

광장에 야외 수영장을 만들 거라던데. 회전목마는 어떨 거 같아?

피로 회복, 피부 미용, 혈관 질환 개선. 나는 주꾸미의 효능을 보며 말했습니다.

결국은. 이런 생각이 들어. 이런 생각이 들 때가 제일 허탈해. 결국. 결국 말이야.

계춘은 언제나 진지했지만. 결국, 결국. 결국이라고 말하는 입버릇은 버리지 못했고. 결국. 주꾸미집의 메뉴는 보나 마나. 우리가 주문하는 것은 늘 주꾸미볶음 2인분과 소주 한 병이었는데.

회전목마를 설치한다면 난 그중 빨간 말을 타겠어.

나는 회전목마에 빨주노초파남보 무지개색 말이 돌고 있는 모습을 떠올리며 웃었습니다.

어떨 땐 실없이 웃음이 나. 다 너무 사소하게만 느껴져. 결국. 통점 마비 상실. 결국.

목마마다 이름을 지어주는 건 어떨까? 빨강은 결국.

그러니까 계춘과 나의 대화는 늘 이런 식이었는데.

뭐라고 설명할 수가 없다. 그 눈빛을 뭐라고 설명할 수가 없어.

우리는 이렇게 각자가 하고 싶은 말을 각자의 벽에 대고 말하는 것처럼 말했습니다. 뜬금없이. 그런데 막상 대화를 주고받다 보면 기묘하게 서로의 말과 말이 이어져서 서로의 혀가 모서리가 맞닿은 거대한 벽처럼 느껴지는 것이었습니다. 거대한 혀와 혀의 모서리에 끼인. 이것이야말로 무슨 게임은 아닌지. 혀를 길게 빼고 입을 벌려 계춘에게 나만의 붉은 벽을 보여

주고 싶었지만.

   냉소는 알량한 거리를 가지고 있을 때. 힘의 한복판에 휩쓸리기 전에나 말이야. 결국. 그러니까 결국.

   결국. 계춘의 말은 계속해서 이어졌습니다. 우리가 그날 소주를 몇 병이나 먹었던지. 피로 회복 좀 됐냐? 아, 나 막, 피가 막, 빨리 도는 거 같은데. 막막. 우리는 결국 실없는 농담이나 주고받게 된 뒤에야 헤어졌습니다. 그러니까 목숨을 걸고. 결국. 질겅질겅 주꾸미를 씹다가. 결국. 소주 한 잔에. 잊혔습니다. 결국. 너는 오늘 많은 것을 배울 것이다. 집에 돌아오는 길에 선생의 예언이 떠올랐지만. 내가 배운 것이란. 그때 그 선생이 내린 저주가 언제까지고 나를 따라다닐 것 같다는 예감뿐이었습니다.

   그날 나는 밤늦게 집에 돌아왔고.
   그다음 날까지도 비는 오지 않았고.
   끝나지 않는 고통.
   창문의 한 끼는 쉽게 끝날 것 같지 않았습니다.

   내가 배워야 할 것이란.
   이어폰에서 노래는 무한 반복되고 있었고 그날 내가 누구를 만나서 무슨 이야기를 하다가 돌아왔는지, 몇 시간 전이 전생처럼 느껴져서 아득한 기분이었습니다. 끝날 듯 끊이지 않고 이어지는 문장처럼. 그러니까 밤은 언제나. 익숙한 음악의 전주가 계속해서 잠 속으로 끼어들어서 하루가 온통 꿈처럼 멀어지고 있었습니다. 그런데 내가 배워야 할 것이란.

그럼에도 불구하고 한 끼

이건 여담이지만.
당신에게 물이 흘러넘치는 그릇이 하나 있다고 칩시다.
물이 계속 흘러넘치고 있는 그 그릇에는 물이 담겨 있는 겁니까. 아니면 계속 흘러넘치고 있는 겁니까.
당신의 물은 물입니까, 그릇입니까.

부디와 미처 사이.

우선 오리 속에 닭을 넣으세요. 그 닭 속에 메추리를 넣으시면 됩니다. 징글징글 구이집 주방장이 추천하는 오늘의 요리 '메추리를 품은 닭을 품은 오리 요리'. 비장의 조리법이죠. 간단합니다. 오리 한 마리 잡아다가 목 치고 털 뽑고 배를 갈라요. 허파, 간, 쓸개 싹싹 긁어내니 속이 텅 비었죠. GPS가 발견한 동탄 신삼합, 선택받고 싶어요. 닭 한 마리 잡아다가 목 치고 털 뽑고 배를 갈라요. 똥집까지 박박 긁어내니 속이 텅 비었죠. 오리 똥구멍에 딱 맞게 비었다고 오리가 닭을 품어요. 엄마, 엄마. 목 잘린 닭이 오리를 불러요. 메추리 한 마리 마저 잡아다가 목 치고 털 뽑고 배를 갈라요. 새까만 게 긁어낼 속도 없죠. 닭 똥구멍에 딱 맞아요. 엄마, 엄마. 목 잘린 메추리가 닭을 불러요. 목 잘린 닭은 그만 닥치고 있죠. 장작은 까맣게 익고 있어요. 좋은 게 좋은 거잖아요. 기름이 솔솔 피어오르네요.

현재 시각 21시 18분. 레퀴엠 박스 안에서 '메추리를 품은 닭을 품은 오리 요리'의 조리법이 방송되고 있습니다.

그러니. 흘러넘치고 있는 당신에게.
피가 흘러넘치는 그릇이 하나 있다고 칩시다.
간단하게. 오리부터 잡으시겠습니까? 아니면 닭부터? 그것도 아니면 메추리부터?

레퀴엠 박스는 어느 쪽으로도 갈 수 없어. 계속 구르면서 경로를 재탐색합니다.
당신이 두 팔과 두 다리를 아무리 활짝 벌려도 절대 그 벽에 손이 닿을 리 없는 레퀴엠 박스는 오늘도 오리를 낳고, 닭을 낳고, 메추리를 낳고, 오리를 잡고, 닭을 잡고, 메추리를 잡고, 좋은 게 좋은 거잖아요. 경로를 재탐색합니다.

경로를 아무리 재탐색해도 밤은 어디로도 떠나지 못해.
간신히. 겨우. 기껏.
말장난이나 하면서 말입니다.

그럼에도 불구하고 불안.

그러니까 이건 여담이지만.
당신은 오리입니까? 닭입니까? 메추리입니까?

만약, 한 끼

당신이 오리든, 닭이든, 메추리이든.
당신이 오리를 잡든, 닭을 잡든, 메추리를 잡든.

어떤 하루는 온통 그 전날 밤에 꾼 악몽을 지우는 데 쓰입니다. 새들은 가만히 날개를 짊어지고 있을 뿐인데. 새들이 날개를 접고 한곳에 시선을 고정한 채 앉아 있는 모습을 보고 있으면 마음에 새가 날아오릅니다. 어쩌다 새와 눈이 마주치기라도 하는 때에는 뭔가를 들킨 것처럼 가슴이 쿵쾅대는데 이유는 알 수 없습니다. 나와 상관없는 누군가 뚜벅뚜벅 걸어가는 모습을 보는 것만으로도 쓸쓸해지는 오후. 길은 어딘가로 휘어져 있고 길을 가는 누군가는 시야에서 사라집니다. 길을 걷고 있던 누구든지 길과 함께 사라져 보이지 않는데. 머릿속에서 또 다른 누군가 계속해서 걸어 다니는 기분.

만약 우리가 어디에 도달할 수 있다면.
우리가 어딘가에 도달하기 위해 애쓰고 있는 거라면.
가장 멋진 도달은.

이런 생각처럼. 생각난 듯이.
소파에 앉아 졸고 있는 노인들.

흔들리고 흔들면서.
악몽에서 악몽으로 건너뛰는.
만약, 만약에.

닭과 거북이를 키웠다.
거북이가 거북이를 물어 죽였다.

약을 삼켰다.

흔히 하는 오해들을 이해했다.

찰흙으로 참담을 빚었다.

옆방에서 사랑을 나누는 사람들 때문에 새벽까지 잠들지 못했다.

앞구르기를 연습했고 실패에 익숙해졌다.

거품의 개수를 세는 동안 거품이 줄어들었다.

기억은 몇 개의 문장으로 남았습니다.

전날 악몽을 꾼 것은 아니었지만. 그날은 악몽을 꾸고 기억해내지 못하는 것처럼 계속 꿈 쪽에 마음이 쓰이는 날이었습니다. 뜨내기들의 산책 코스로 유명한 크지도 작지도 않은 호숫가에서 사람 몇을 만났는데 사람들은 그 호수를 뜨내기들의 호수라고 불렀지요. 호수 주변으로 갈대가 무성하게 자라 있어서 바람이 불 때마다 갈대가 흔들리는 소리가 뜨내기들의 마음을 더 심란하게 만들 것만 같은 그런 호수였습니다.

첫번째 그는 맨발로 걸어서 내게로 왔습니다. 머리카락이나 수염의 색깔은 기억나지 않습니다. 그의 말에 따르면 나는 아주 어려서 그를 본 적이 있다고 합니다. 그는 그때도 맨발로 걸어서 내게로 왔고, 그는 투명할 정도로 흰 피부를 가지고 있었다고 합니다. 눈이 부셔서 사람들은 고개를 들지 못했다고요.

두번째 그는 자신을 안개를 만드는 사람이라고 소개했습니다. 안개를 만들기 위해 매일 열두 바퀴, 호수를 천천히 걷는다고요. 그가 내뿜는 깊은 한숨이 새벽이면 이 호수 위에 물안개로 피어오르는 것이라고 했습니다. 오래전 이곳은 공동묘지였는데. 자꾸 물이 나서. 묘지에서 자꾸 물이 나와서. 내가 그의 이야기를 듣고 있을 때 여럿이 지나가며 말했습니다.

그러니까 세번째 그는 여럿이었는데 묘지에서 물이 났다고 말한 그들은, 알고 보니 씹는 맛에 의지하는 사람들이었습니다. 그들은 뭔가를 질겅질겅 씹고 있었고 그걸 씹는 맛에 씹는다고 말했습니다. 씹는 것은 분노를 가라앉히는 데 효과가 있다고. 그중 누군가 말하면서 나에게 어떤 사람을 내밀었습니다. 하고 안 하고가 그렇게 중요해? 하고 안 하고가 중요한 건 아닌데. 넌 왜 하고 안 하고만 중요한 것처럼 말해? 그중 누군가는 나를 만난 것은 전혀 신경 쓰고 싶지 않다는 듯 자신들이 하고 있던 대화를 계속 이어가길 원했고 그중 누군가는. 대박. 대박. 대박적 어처구니를 알고 있어. 이것도 언젠가 다 끝나겠지. 이렇게 생각하는 수밖에. 끝이 있다면. 이렇게 믿는 수밖에. 입속으로 우물거리며 혼잣말을 중얼거렸습니다.

악몽 속에서.
살아 있는 밥이 나를 집어삼키는 한 끼,

무덤 위에서 사람처럼 한 끼,

이렇게 내가 어떤 날 동시에 먹은 몇 끼는 사람이었습니다.

만약, 만약의 자유.
사라지고, 사라지는 갈대.
사라지고, 사라지는 냠냠.
냠냠. 그런데 이제 와.

우리에게 우리가 있긴 한 겁니까?

밤에 가까운 사람들과 한 끼

악몽을 자주 꾸는 편은 아니었지만.
말하자면. 이해 가? 느낌 오지? 말끝마다 묻던 남자.
그 남자의 솟아오른 희멀건한 배. 그 안에 뭐가 들어 있든지.
악몽과 현실의 경계가 희미해져서.

한 번은 아찔한 사람들의 모임에 나갔습니다. '감당하려고, 사막'이라는 무용 공연에서 만난 사람들이었는데 공연이 끝난

후 무용가와 아는 사람 몇이 술자리를 가졌습니다. 공연의 여운 때문이었는지 사람들은 모두 조금씩 흥분해 있었고, 사람들의 머리 위에서 사이키 조명이 쉼 없이 돌아가고 있었습니다. 사람들은 돌아가며 넋을 놓고 벽에 생기는 빛 그림자를 바라보았습니다. 어두운 실내에 빨갛고 파란 점들이, 노란빛들이 점점이 떠다녔고 그것들은 왠지 우리 모두가 물속에 들어 있는 것 같은 착각을 불러일으켰습니다. 어지럽게 떠다니는 빛들 사이에서 사람들은 술이 한 잔씩 들어가자 각자 감당하고 있는 것들에 대해 이야기했습니다. 물속에 떠다니는 빛 해파리들처럼. 어디론가 둥둥 떠오르는 마음을 붙잡지 못했습니다. 애꿎은 술잔들만 붙잡고 있었지요. 그러다 누군가 이렇게 만난 것도 인연인데 '보이지 않는 사람들'이라는 이름으로 모임을 만들자고 제안했던 것 같습니다. 우리가 왜 보이지 않는 사람들이지? 누군가 물었고. 처음 제안했던 사람은 감당할 것이 많으니까. 뭔가 설명하려다가 귀찮아서 그만두겠다는 식으로. 아님 말고. 그럼 다른 이름을 만들어보자고 제안했습니다. 우리는 조금씩 취해가고 있었기 때문에 갑자기 모임의 이름을 정하는 일에 신이 나서 한 명씩 돌아가며 모임의 이름을 말했는데. 누군가는 그저 알지, 알아,라고 말하는 사람들이 좋겠다고 했고. 누군가는 어쩌다 보니 여기까지 온 사람들이 좋겠다고 했습니다. 그저 알지, 알아,라고 말하며 여기까지 온 사람들. 누군가는 마음을 가누지 못하는 사람들이 좋겠다고 했고, 누군가는 미래에 목덜미를 잡힌 사람들이 좋겠다고 했습니다. 마음을 가누지 못해, 미래에 목덜미가 잡힌 사람들. 어느 쪽이든. 의지와 무관하게. 어떤 의지에 의한 것처럼. 여기 우리가. 우리는 왠지 너무 아찔해져서 서로의 아찔함에 감탄했습니다. 모임의 이름이 뭐였든지. 우리는 한동안 열심히 모여서 밥도 먹고 술도 먹고 이야기를 나누면서 말할 수 있는 비밀만 사이 좋게 나눠 가졌습니다. 무용가는 자신이 살아 있었던 시간의 절반 이상을 춤을 추면서 살았다고 말했고 자신은 선천적으로 몸의 오른쪽과 왼쪽의 균형이 맞지 않아서 정확한 동작을 하려면 남들보다 두 배 이상 많은 시간이 걸렸다고 말했습니다. 나는 오른쪽과 왼쪽을 감당해. 나는 오른쪽과 왼쪽을 감당하기 위해 거의 모든 시간을 감당하지. 그녀는 몸을 오른쪽, 왼쪽으로 흐느적거리며 웃었습니다. 우리는 모두 다른 일을 하는 사람들이었고 제법 무심한 영혼들이어서 모임이 규칙적으로 오래 지속되지는 못했습니다. 서로 감당할 것들의 목록에 곧 잊힐 이별을 추가했을 뿐. 서로를 찾지는 않았지요. 가끔 그런 모임이 있었다는 것을 떠올리고 웃으면 그걸로 그만이었습니다. 지금 내가 이렇게 그때를 떠올리고 있는 것처럼 말입니다. 아무튼 그때 나는 처음으로 진지하게 내가 감당하고 있던 것들에 대해 생각했고 사실 내가 감당할 수 있는 것은 거의 없다는 것을 알았습니다.

 죽기 전에 한 끼, 미치기 전에 한 끼. 사랑하기 전에 한 끼, 헤어지기 전에 한 끼. 사랑하려고 한 끼, 이별하려고 한 끼. 이유 없이 한 끼, 목적을 가지고 한 끼, 위로하기 위해 한 끼, 잊기 위해 한 끼. 죽고 싶어 한 끼.

 나는 그때부터 밥에 대해 생각하기 시작했던 것 같습니다. 감당할 수 없는 것이 너무 많아서 도저히 내가 감당할 것들에 대해서는 생각할 수 없었기 때문에.

 나는 매일 찾아오는 아침을 감당해.
 가족을 감당해.
 나를 감당해.
 우리는 서로의 외로움을 감당해.
 도무지 우리를 감당할 수 없어.
 모든 것들을 감당하고 있다고.

 누군가 노란 우울에 대해 말할 때.
 나는 계속 밥과 밥. 밥과 박자에 대해서만 생각했습니다.

아찔한 사람들과 잿더미처럼 한 끼.
넘치는 기분으로. 넘어지며.

나는 까치 소리, 목탁 소리, 염불 소리,
아이들의 웃음소리가 뒤섞인 어떤 산사 마당에 울려 퍼지는 종소리에 대해 생각했습니다.
밥과 박자가 뒤섞인 그런 소리 말입니다.

홍대에서 한 끼

둘 중 하나는 박치이거나 방향치여서. 우리는 엇박으로 어긋나거나 서로 다른 방향으로 엇갈리는 수밖에 없겠지만.

언제나 꿈꾸는 폭설. 우리 예쁜 예감만 갖기로 해요.
항문 전문의와 꼬리 없는 새들은 아무 관계도 없어.
당신은 사연에 중독된 사람.

배고파. 너무 배고파서. 우리는 내기를 하죠. 아무것도 걸 게 없어서. 번갈아 이겨요. 너무 진지한 얘기는 재미없어. 사이좋게 이상해. 불규칙한 잿빛. 머뭇거리는 사람들. 우리 그냥 눈이

나 맞춰요. 쪽, 소리 나게.

　찬송과 기도처럼. 거리에 가요가 울려 퍼지고 있었습니다.
　밤에 가까운 사람들을 만나기 전이었는데. 나는 어떤 여자를 만나러 가는 길이었습니다. 그때가 몇 살 때쯤이었는지. 결혼을 하기 몇 년 전이었으니 아마도 막 서른이 넘은 어느 때였을 것입니다. 나는 여전히 가끔은 만화 주제가 같은 첫사랑을 떠올렸지만. 내가 그날 만날 여자의 이름은 김희미였습니다. 그녀와 둘이 밥을 먹는 것은 처음 있는 일이었는데. 나는 왠지 여자와 술을 마시게 될지도 모른다고 생각했기 때문에 차를 두고 지하철로 이동했습니다. 홍대입구역은 그때나 지금이나 몹시 복잡해서 출구로 올라가는 계단부터 사람들이 줄지어 서 있었는데, 계단을 더디게 한 칸씩 올라가면서 나는 덥고 습한 공기에 이미 지쳐갔습니다. 어디선가 매미가 울었고 9번 출구 앞은 누군가를 기다리는 사람들로 북적이고 있었습니다. 사람들의 나이는 짐작이 되지 않았지만 그들 대부분은 휴대폰을 들여다보고 있었습니다. 나는 멍하게 출구 쪽을 바라보고 있었던 것 같습니다. 여자의 옷차림을 상상해보기도 하면서 여자를 기다리고 있었는데 출구에서 옷을 잔뜩 껴입은 사람이 나타났습니다. 그 사람은 내가 기다리고 있던 여자는 아니었고 한눈에 보기에도 조금 이상해 보였습니다. 어깨까지 내려오는 머리는 엉망으로 엉켜 있었고 겹겹이 껴입은 옷은 군데 군데 찢어져 있었습니다. 옷을 얼마나 많이 껴입었는지 커다란 헝겊 뭉치처럼 보였습니다. 나는 그 사람이 출구에서 나와 내 쪽으로, 그러니까 패스트푸드점 앞으로 이동하는 것을 바라보았습니다. 그 사람은 건물 앞에 설치되어 있는 조각상 앞에 서더니 제일 겉에 입었던 옷을 벗었습니다. 그 사람이 바지를 벗고, 그 안에 입은 바지를 하나 더 벗고, 그 안에 입은 바지를 하나 더 벗었을 때. 나는 알았습니다. 그 사람이 맨살이 나올 때까지 바지를 벗으리라는 것을요. 나는 그 사람에게서 눈을 뗄 수가 없었습니다. 여전히 그 사람의 성별을 짐작할 수 없었으니까. 그래서 그 사람이 아주 갑작스럽게 뒤를 돌았을 때 나는 미처 시선을 피할 수 없었습니다. 그 사람과 눈이 마주쳤습니다. 그 사람은 웃고 있었는데 순간적으로 소름이 끼쳤습니다. 그날 그 순간이 떠오를 때면 언제나. 제일 먼저 무엇보다 무겁고 습한 공기와 그치지 않고 울던 매미 소리가 떠오릅니다. 매미들은 뭐라고 여름마다 그렇게 울고 있는 걸까요. 지금 우리는 어디로 보내지고 있는 겁니까. 맴맴. 내가 기다리던 그녀. 김희미가 오긴 왔겠지만 그날 그녀와 먹은 밥에 대해서는 전혀 기억이 나지 않습니다. 계속 멀미 같은 것이 일어서 앞에 앉아 있는 여자가 하는 말에 조금도 집중할 수 없었습니다. 물론 그녀와 술도 마시지 않았고요. 김희미. 여자의 이름이 희미가 아니었다면 저는 여자의 이름마저 기억하지 못했을 것입니다. 그날을 희미한 기억, 거짓말 같은 기억. 이렇게 정의하려고 할 때마다 여자의 이름이 떠올라서 쉽게 잊히지 않았거든요. 아무튼 그날 저는 정말 밥만 먹고 서둘러 집으로 돌아왔던 것을 기억합니다.

누군가 죽을까 봐 죽고 싶던 밤.
잠에서 깨면 누군가는 이미 죽고 없고.
나는 여전히 죽고 싶었지만.

고작 몇 년 뒤에.

우물우물 씹고 있는 입. 우물. 우물.
한번 알게 되면 쉽게 잊히지 않는 애들이 있어.
부레옥잠이나 소금쟁이 같은 애들.

슈퍼 앞에 쌓여 있는 하마. 물먹는하마들.
물은 사라지고. 살만 남은 우산 같은 사랑.

거리에 가요는 쉬지 않고 울려 퍼졌고.
나의 어떤 한 끼는 거리에 흩어지는 음악.

수없이 흘려들은,
무.

홍대에서. 무였습니다.

꿈같은 한 끼

무에 대해서라면.
할 말이 없지만.
무의 파노라마.
해골의 땅, 먼지의 농장.
철 지난 경악이 유행하는 도시.
복고풍으로.
구타와 모욕이 침묵하는 거리에서.

그날은. 바로 그런 뜻이란다. 바로 그런 뜻이란다. 이렇게 말해주는 것처럼. 바로 그런 뜻이란다. 그게 무슨 위로라도 되는 것처럼. 속삭이듯이. 비가 내렸습니다. 꿈은 아니었지만. 지구는 둥그니까, 노래는 쉼 없이 흘러나오고 있었고. 나는 빗속에서 단지 계속 살려고만 하는 랄라를 만났습니다. 단지 살려고만 하는 랄라를요. 나는 낯선 도시에 있었는데 그곳은 그 도시 사람들이 고요의 강이라 부르는 강가였습니다. 나는 조금 지쳐 있었고 떠나온 도시로 돌아가야 할 시간이 얼마 남지 않아서 돌아오는 것들에 대해 생각하는 것으로 여행 끝의 공허함을 달래는 중이었습니다. 나에게는 잃어버린 것들이 한꺼번에 돌아오는 일이 많았는데 나는 그럴 때를 돌아오는 시기라고 정의하곤 했거든요. 잃어버린 것들이 한꺼번에 돌아오는 시절. 비가 오는데도 그 도시의 명물인 무언극을 보기 위해 모여든 여행객들로 강가는 북적이고 있었습니다. 강물에 가로등 불이 어른거리면서 고요의 강은 낮과는 다른 아름다움으로 마음을 흔들었습니다. 사람들이 북적이고 있는데도 강가는 왠지 더 고요해진 기분이었달까요. 가만히 일렁이는 검은 강물을 들여다보고 있자니 그 도시의 사람들이 왜 그 강을 고요의 강이라 부르는지 알 것도 같았습니다. 마음이 어느 때보다 고요하게 가라앉았거든요. 밤이 깊어지자 야광 옷을 입은 배우들이 하나둘 강을 배경으로 설치된 간이 무대로 올라왔습니다. 어둠 속의 무대가 마치 강 위에 떠 있는 것 같은 착각이 들 정도로 무대 주변에는 아무 빛도 비치지 않았습니다. 배우들이 천천히 몸을 움직이기 시작했을 때.

나는 어떻게 랄라를 알아보았을까요? 랄라는 우산을 받치고 서 있는 내 옆에 조용히 서 있었습니다. 너 언제부터 내 우산 아래 서 있었던 거니? 나는 랄라에게 묻고 싶었지만. 배우들의 몸짓이, 검은 고요의 강이, 숨죽이고 있는 수많은 사람의 침묵이 너무 아름다워서 한동안 내가 속한 그 공기에 마음을 빼앗기고 있었습니다. 배우들의 움직임이 많지는 않았는데 그렇기 때문에 오히려 한 동작을 오랫동안 유지하고 있다가 이따금 움직이며 대형을 바꾸는 배우들에게서 사람들은 눈을 떼지 못했습니다. 숨을 죽이고 사람이라고 느껴지지 않는 야광 물질들의 움직임을 넋을 놓고 바라보았지요.

그런데 나는 그때 어떻게 랄라를 알아보았을까요? 빨간 머리의 소녀, 랄라. 랄라는 숱이 많은 머리를 엉망으로 풀어헤치고 있었는데요. 지금도 유난히 앳된 얼굴에 어울리지 않게 진지한 표정을 짓고 있던 랄라의 모습이 떠오릅니다. 작은 머리 위에 엉망으로 엉킨 머리카락 뭉치가 꼭 붉은 구름 같아서 그거 구름이니? 짓궂게 랄라에게 묻고 싶었습니다. 그런데 엉뚱하게도 한참 뒤에 내 입에서 나온 말은.

너는 왜 그렇게 살려고 하지? 왜 기어코 살려고 하는 거야? 였습니다.

고요의 강에서. 내가 정말. 랄라에게 이렇게 물었던가요. 나는 기억하지 못합니다. 이제 와 말입니다만 제 기억은 언제나 믿지 못할 것이지요.

믿지 못할 기억이 기억하고 있는 그때,

내 질문에 대한 대답이었는지. 줄곧 진지한 표정으로 콧노래를 흥얼거리고 있던 랄라가 말했습니다.

당신이 나를 낚싯줄에 걸고 그 낚싯대를 깊은 바닷물 속에 드리우고 있을 때.

그 한류와 난류 속에서 내가 긴 머리를 풀어헤치고 기다리고 있던 것은.

그 옛날의 바다.

나는 오래전, 실종되었으므로.

랄라, 도대체 무슨 말을 하는 거니. 그게 무슨 말이야. 나는 랄라의 어깨라도 흔들며 랄라에게 묻고 싶었지만.

나는 헬싱키를 사랑해.

그녀는 갑자기 헬싱키를 사랑한다고. 막연한 사랑을 고백했습니다. 헬싱키에 가본 적이 없으므로. 나는 헬싱키를 사랑할 수 있다고. 그녀는 헬싱키를 사랑하기 위해 끝내 헬싱키를 모를 것이라고 말했습니다. 구름 같은 머리를 흔들며. 죽음도 마찬가지라고요.

나는 헬싱키를 잘 모르지만.

너는 그곳의 이름이 헬싱키이기 때문에 헬싱키를 그리워하고, 헬싱키를 사랑한다고 말하지. 그곳의 이름이, 그러니까 그 똑같은 도시의 이름이 나주이거나 파주였다면. 그래도 너는 나주나 파주라고 불리는 헬싱키를 사랑했을까. 사람도 마찬가지겠지만.

나는 랄라에게 물었고 랄라를 유령처럼 돌아봤지만.

빗속에서. 랄라는 사라지고 빈 종이에 이런 글씨들만 남아 있었습니다.

불안은 강아지풀처럼 자라.
묵념 같은 새해가 밝을 것이다.

묵념 같은 새해.

그런데 랄라, 그것은 꿈이었을까? 우리는 그때 헬싱키도 나주도 파주도 아닌 어떤 도시에 있었는데. 돌아온 그 새해에 나는 몇 개의 단어를 당연하다는 듯 잊었고. 오직 돌아온 것들에 대해서만 생각했다. 세련된 기만 위에 새롭게 태어나. 복종은 너무 흔한 멜로가 되었다.

랄라,
그런데 이건 꿈이었을까?

너의 유전자에는 결핍이 새겨져 있어. 필연과 우연 어느 쪽이든.
　나는 어떤 말도 하고 싶지 않다.

　오직 살고 싶어 했던 랄라,
　빨간 머리의 소녀.

　나는 여전히 너의 말을 기억하지만. 기어이. 돌아오는 시절. 나는 결국 또다시. 이 도시로 돌아왔다. 그런데 내가 너를 만나기는 했던 걸까.
　어느 날 빗속에서.

　나의 어떤 한 끼는 오직 살려고 하는. 꿈과 이별.
　랄라, 꿈처럼 한 끼. 랄라, 꿈같은 이별.

너무 늦은 한 끼

　그나저나. 이렇게 엉망으로 가는 1년도 있는 거겠죠.

　무지개의 포즈로 살고 싶어.
　나에게는 궁리가 없다.

당신은 아무 대답이 없고.

(갑자기 달려와서 발에 부딪치고 죽은 쥐)

나는 내가 누구인지, 당신이 누구인지 몰라.
갑자기 웃고 싶어지지만.

생각하리라. 절대 알아차리지 못하리라. 알아차리리라.
절대 절대 안개의 반복.

우리는 서로의 후회를 닮았다.
서로를 버리기에는 이미 너무 늦었어.

 나는 아내에게 말한 적이 없습니다만. 내가 아내에게 말을 했건 안 했건. 이렇게 엉망으로 가는 1년도 있는 거겠지요. 내 아내는 요즘 요리에 집중하고 있습니다. 아내의 이름이 김희미였던가요. 그녀는 거의 매일 몇 개의 요리 프로그램을 보고, 거기에 나오는 레시피대로 요리를 합니다. 내가 보기에는 거의 집착에 가까운데. 요리할 수 있는 것은 모두 요리해버리겠다는 듯 말입니다. 그건 물론 그녀의 이름과는 무관한 일이지요. 그러니까. 내가 한번은 싱크대 앞에 서 있는, 김희미이거나 적어도 김희미는 아닌 내 아내에게 이렇게 물은 적이 있습니다.

당신 왜 그렇게 먹는 거에 집착해? 당신이 요리에 이렇게 관심이 많았던가.

아내는 내 질문을 못 들은 것처럼 한동안 아무 말도 하지 않았습니다. 커다란 중식 칼로 양파 껍질을 벗기고, 또 양파 껍질을 벗기고, 계속해서 양파 껍질만 벗겼지요.

당신 건달바라고 알아?

양파 껍질을 벗기는 아내의 뒷모습을 멍하니 바라보고 있는데, 아내가 물었습니다.

건달바?

고기와 술을 먹지 않고 향만 먹고 사는 신이래. 음악과 별자리를 담당하는 신. 하늘에 도달한 자들이 관장하는 음악이라니. 당신은 우리에게 그런 게 있다고 생각해?

나는 아내가 도무지 무슨 말을 하고 싶은 건지 알 수 없었습니다.

갑자기 그건 무슨 소리야. 뜬금없이.

이건 아내가 나에게 자주 하는 말이었는데. 나는 아내와 똑같은 말을 하면서 아내의 평소 기분을 조금은 이해할 것도 같았습니다.

아니, 그냥. 우리가 건달바처럼. 우리가 건달바처럼. 그러니까 우리가 건달바처럼.

아내의 목소리가 조금 낯설어서 나는 문득, 방금 전 아내가 서 있던 싱크대 쪽을 돌아보았는데. 도마 위에 썰린 것은 아내이고 양파가 칼을 들고 있었습니다.

   양파처럼 썰린,

   이 순간에도 칼이 도마를 규칙적으로 내려치는 소리가 들리는 것 같습니다. 지금, 여기가 어디든. 양파는 착착 썰리고. 양파는 착착 썰리고. 양파는 착착 썰릴 테지만.

   당신은 어디 있습니까?

   너무 늦은.
   너무 늦은 이 한 끼를, 어쩌면 좋습니까.

   마침내 한 끼

   썰리고 또 썰려도 양파는 양파겠지만.

   날씨가 슬픈 기억처럼 반복됩니다.

가만가만 걸어서 오는 사람.

울타리 밖으로 한 발짝도 나갈 수 없어.

아침 다음에 점심 다음에 저녁. 다음에 다시 아침.

다음에 점심 다음에 저녁으로. 되돌아오는.

구름 많음, 흐림, 비, 갬. 구름 많음, 흐림, 비, 비, 갬. 폭염. 폭염.

그러므로 나의 마지막 한 끼는

당신과의 한 끼입니다.

당신을 생각하다가. 뜻 없이. 언젠가 보았던 침팬지. 어미가 죽은 줄 모르고 자꾸 어미의 손을 잡아당기던 침팬지. 어미가 죽기 전 어미와 함께 잠들던 나무 아래 서서 어미의 죽은 몸을 물끄러미 바라보던 침팬지의 눈을 떠올립니다.

세상살이가 다 그렇지 뭐.

이건 누군가 세상을 떠나며 남긴 마지막 말.

보고 싶은 내 아들.

이런 마지막도 있는 것인데.

멍한 얼굴로 옆에 앉아 있던 남자가 갑자기 울기 시작합니다.

그는 언제부터 여기 있었던 것일까요.
당신은 어쩌자고.
당신은 어쩌자고.
예고 없이.
마침내. 누군가. 한 끼.

그런데.
도대체 나는 누구입니까?

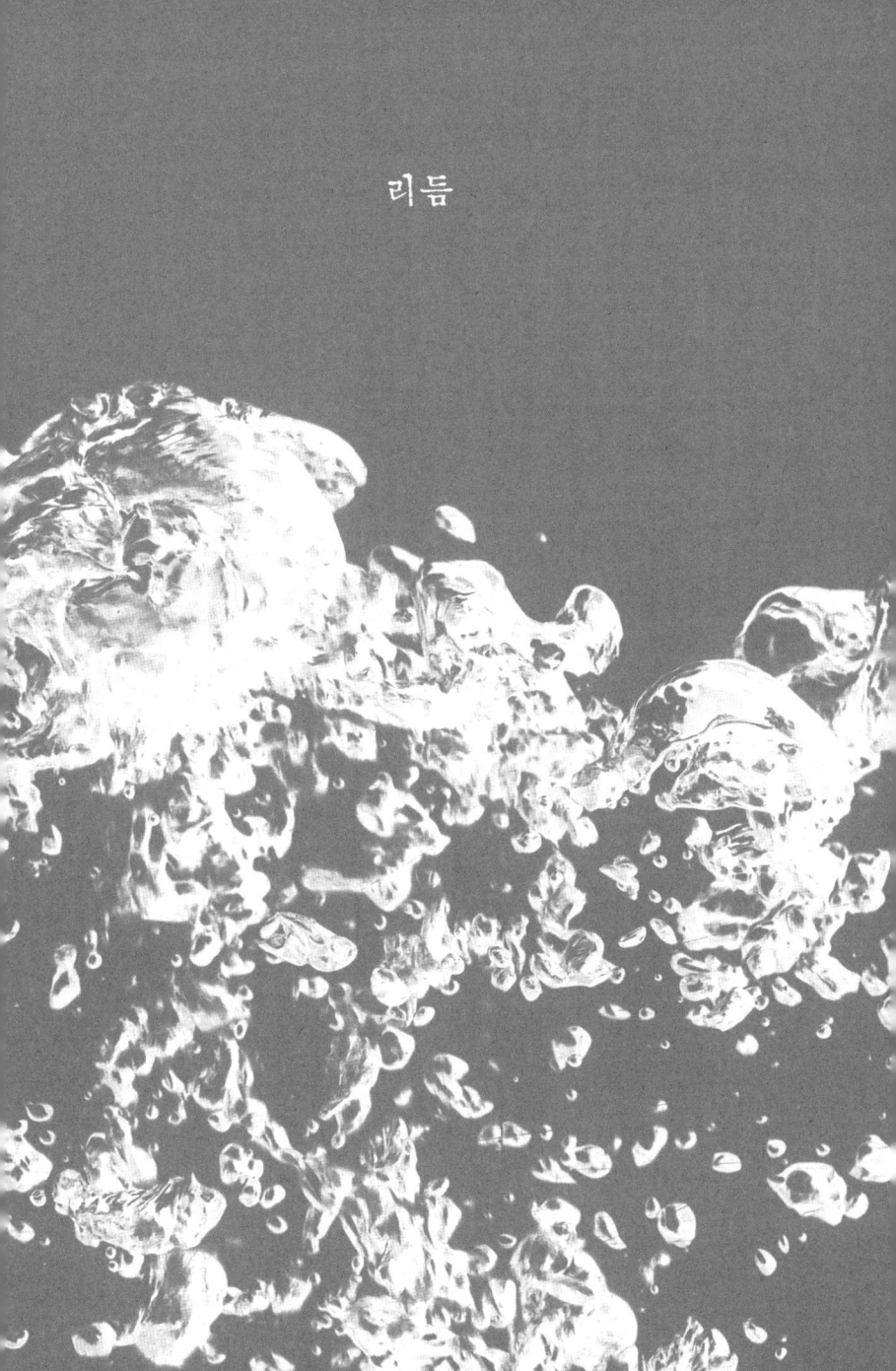

리듬 1

 파내기를 멈추었다. 아무것도 아닌 것들이 썩고 있다. 아무것도 아닌 것들이 썩어서 뭔가 대단한 유물처럼 발굴되기를 원치 않는다. 소리는 약 15초간 지속되었고, 곧 그쳤다. 소리가 만약 흡음재가 깔린 극장에 울려 퍼졌다면. 소리는 거의 곧장 사라졌을 것이다. "낙뢰가 떨어질 때는 보폭이 크지 않게 걷는 게 도움이 됩니다. 네발짐승이 낙뢰에 취약한 이유는 앞발과 뒷발의 전압 차가 크기 때문입니다." 앞발과 뒷발의 전압 차. 아아안. 시멘트 바닥에 가구라고는 하나도 없는, 층고가 높은 건물 내부에 울렸다면. 아아아안. 아아아. 소리는 좀더 꼬리를 길게 남겼겠지. 믿는 얼굴. 아무것도 겨눌 마음 없이. 소리의 꼬리가 어디에 닿는지는 아무도 알지 못했지만. 어둠 속 거

문고 연주자의 두번째 손가락이 현을 누를 때, 꾹 누르고, 다시 꾹 누를 때, 너의 앞발과 뒷발의 전압 차는 얼마쯤 될까. 아아아안. 으으음. 아아아안. 어떤 사람들에게 그 소리는 몇 정거장쯤 떨어진 곳에서 울리는 사이렌의 일종으로 들렸을 수도. 아아아안. 아아안. 기도 시간을 알리는 종소리. 사막을 달리는 지프. 모나코항에 정박한 크루즈. 봉우리에서 봉우리로 이어지는 케이블카. 흔들리는. 나를 빼앗기지 않고는 견딜 수 없어. 머리채가 붙들린 채 사는 것. 그걸 원해. 꽉 움켜쥐어. 잠깐도 한눈팔 수 없게. 소리는 시작되었고 끊겼다, 이어졌다. 어린 시절에 악마가 나오는 꿈을 자주 꾸었다. 악마는 다양한 모습으로 나타났다. 머리에 뿔이 달리거나 등에 날개가 달린 악마는 오래지 않아 더는 무섭지 않게 되었다. 악마는 때로 시계 속에 있었고, 사람의 마음속에 있었다. 악당이 하나인 세상. 장면들, 소리들, 떠도는 냄새들, 살갗을 스치는 바람. 나는 기억해. 다시는 그 시절로 돌아갈 수 없다. 사람들은 소리가 누군가에게는 가깝게, 누군가에게는 멀게 들렸을 것이라고, 누군가에게는 아예 들리지 않았을 것이라고. 그 소리에 대해, 그 소리를 들었을 다른 사람들에 대해, 그 소리를 들었을 사람들 각자의 상황과 상태에 대해 어떤 생각도 하지 않았을 수 있다. 공원 벤치에 사람 둘이 앉아 있다. 나는 누군가를 기다리는 중이다. 눈앞에 보이는 꽃의 이름을 따라 읽는다. 맨드라미, 맨드라미, 맨

드라미. 몇 달 사이 같은 일이 몇 번 있었다. 수레국화, 수레국화, 수레국화. 아는 이름은 선명한데 모르는 이름은 눈을 가늘게 떠도 흐릿하다. 끈끈이나, 끈끈이물, 끈이대나물. 이상한 반복이라고 생각했다. 왜 자꾸 같은 일이. 눈이 나빠졌나. 침침하네. 조금도 같지 않은 일을 같은 일로 생각하면서. 다른 사람들을 거의 한 사람처럼 생각했다. 마음이 나빠진 건 한참 뒤에야 알게 된다. 공원 벤치에 한 사람이 앉아 있다. 마음을 보지 못한다. 따아아아안. 으으음. 따아아아안. 그래? 무슨 소리가? 대부분의 사람이 소리의 시작을 기억하지 못했다. 아아아안. 으으음. 아아아안. 옥토끼의 귀가 짧아졌다, 길어지고. 떡방아는 쿵덕쿵덕. 노랗게 물든 계수나무 잎에서는 빛의 소리가 난다. 모두에게 들린 그 소리를 듣지 못한 사람은 없었지만. 입만 있는 사람. 눈만 있는 사람. 그런 사람이고 싶어. 부서진 자신을 손에 꽉 쥐고 아무나 찌르는 동안 평생이 간다. 집에서 듣는 빗소리. 지붕에, 나뭇잎 위에, 흙 위에, 도로 위에 떨어지는 빗소리. 그런 것과는 거리가 먼 그 소리는 시작되었고, 내가 나에게로 빠르게 떨어져 내리는 기분. 빛도 굉음도 없는 충돌. 침대에 가만히 누워 반성했다. 나는 끝까지 내가 무엇을 반성하는지 알 수 없을 것이다. 모르는 얼굴들을 떠올렸다. 그런 생각을 멈출 수 없다. 모든 순간의 내가 나를 넘어뜨린다, 대부분의 사람은 들었다. 생각해본 적 없는 방식으로. 한 번도 상상한 적 없는 방식으로. 이상한 마음이 된다. 마음이 풀 먹인 마 같다. 할머니의 취미는 옷 만들기였는데, 여름에는 마 원단을 끊어다가 바지도 만들고 저고리도 만들었다. 흰 마에 분홍 물도 들이고, 보라 물도 들여서 수놓는 집에 맡기면 깃에 꽃수가 놓여 돌아왔다. 할머니는 여름마다 그 옷들에 풀을 먹여서 뻣뻣하게 만들었고, 더운 날 할머니의 옷을 만지고 있으면 어딘가가 조금씩 누그러졌다. 잠깐 뻣뻣하게 누워서 눈을 감았다, 떴다, 잠이 들었다, 깼다를 반복한다. 모라mora는 운율론의 최소 단위로 지연, 지체를 뜻하는 라틴어에서 유래되었다. 케트어로 바다를 뜻한다. 게시는 일종의 계시가 되었다. 내가 들은 것은 뭔가를 가르고, 찢고, 뚫고 기어이 나오려는 몸짓 같은 것이었는데, 그것이 가르고 있는 것, 손금을 따라 흐르는 피.

리듬 2

소리는 문 너머 작은 방에서 지속되고, 장은 깨어났다. 이불을 걷고 침대에서 내려왔다. 방에 연결된 화장실 문을 향해 걸었다. 익숙한 자리에 있는 전등 스위치에 손을 뻗어 누르고, 꽉 닫히지 않은 문을 슬쩍 밀었다. 방으로 빛이 들었다. 눈을 반쯤 뜨고, 서서 오줌을 쌌다. 소리가 제법 크게, 그렇지만 몇 차례 끊겨 들렸다. 장이 힘을 줬다 빼기를 반복하는데 모가 낮게 코를 고는 소리가 들렸다. 물을 내리고, 손을 씻는 동안 장은 거울을 보지는 않았다. 문을 열자, 모가 벽을 향해 누워 있는 모습이 보였다. 욕실 불을 끄니 모의 등이 조금 더 어두워졌다. 운이 좋은 밤에는 한 번 깼고, 어떤 밤에는 두세 번까지도 깼다. 장은 침대로 돌아가면서, 낮에 들었던 이야기를 떠올렸다. 장이 회차지에 도착해서 충전소에 차를 대고, 담배를 피우려고 내렸을 때, 장과 같은 노선의 바로 앞 운행 순서였던 K가 버스를 몰아 나가다가, 장 옆에 차를 세웠다. 형님, 들었어요? 888에 사람 들어왔다는데. 잘하나 봐. 장은 처음 듣는 얘기였다. 사람이 점잖다고들 하대. K는 평소처럼 오른손을 들어 경례를 부치는 시늉을 하고는 차고지를 빠져나갔다. K의 버스가 회차지를 벗어나 바로 있는 도립공원 앞 신호에 대기하고 있는 걸 보면서 장은 흡연 구역으로 걸었다. 얼마나들 봤다고 점잖다, 잘한다. 말들이 많네. 하여간 말들이 많아. 장은 흡연 구역에 서서 담배를 물었고, 불을 붙였고, 담배를 평소보다 조금 세게 빨았고, 같은 노선의 버스가 차고지로 들어오는 것을 보았다. 한 대를 절반쯤 피우고 세워두었던 차로 돌아갔다. 회차지부터 저수지가 있는 종착지까지 돌아가는 동안 장은 아는 기사를 다섯 이상 만났다. 우연히 신호가 맞아 888번 버스와 나란히 서게 되었을 때, 장은 창문을 열고 물었다. 누구 들어왔다며? 선글라스를 쓰고 흰 장갑을 낀 S가 고개를 돌려 장을 보았다. 앞문을 연 S가 턱을 살짝 들어 올렸다. 누구 들어왔다며? 장은 S가 못 들었다는 것을 알아차리고 다시 한번 물었다. 아, 그 형님. 네, 새로운 형님 들어오셨어요. 보셨나? 형님 그 홍콩 배우 알아요? 양조위, 양조위 닮았어. 난 또 그렇게 잘생긴 사람은 살다 처음 봤네. 신호가 바뀌었고, S는 앞문을 닫았다. 888 버스는 좌회전 신호를 받아 근처 지하철역 쪽으로 움직였다. 양 누구? 장은 자신이 들은 이름과 그 얼굴을 떠올려보려 했지만 가물가물했다. 어디 나왔더라. 장은 다음 정류장, 그다음 정류장에 설 때까지 양조위를 정확히 떠올리지 못했다. 폼깨나 잡나 보네. 안녕하세요, 버스는 고등학교 앞에 섰고, 매일 같은 시간에 타는 학생들이 올라타면서 장에게 인사를 하는 바람에, 장은 생각을 잠깐 멈추었다. 그렇게 잘생겼으면 배우를 하지. 장은 그 후로 몇 차례 노선을 왕복하면서 888과 노선이 겹치는 도로를 지날 때 기사들을 유심히 살폈지만, 새로운 얼굴을 발견하지는 못했다. 마지막으로 회차지에 들렀을 때는 백미러로 자신의 얼굴을 들여다보았다. 소싯적에 잘생겼다는 말 좀 안 들어본 사람 있나. 장은 웨이브가 적당히 들어간 숱 많은 은발을 쓸어 넘겼다. 자신이야말로 양조위의 눈을 닮은 것 같았다. 장은 두 시간 전, 종착지에서 다시 회차지를 향해 출발할 때 양조위의 이름을 정확히 떠올릴 수 있었다. 양조위의 얼굴을 확인했고, 그가 탕웨이와 나온 영화를 모와 함께 극장에서 보았던 것을 기억해냈다. 장은 한 손으로 핸들을 돌려 차고지를 돌아 나오면서 한 손으로 수염이 올라온 턱을 매만졌다. 다시 한 시간을 달려, 종착지에 도착하고, 집에 올 때까지 새 기사에 대한 생각은 완전히 잊고 있었다. 어서 오세요, 어서 오세요, 올라타는 모든 손님에게 인사를 했다. 장은 묘하게 생기가 돌았고, 퇴근이 가까워지고 있기 때문이라고 생각했다. 마지막 다섯 개 정류장을 통과할 때는, 라디오에서 장이 좋아하는 노래가 나왔다. 그 노래를 흥얼거리며, 종착지에 도착했고, 모와 저녁을 먹을 때도 그 노래의 어떤 부분의 음을 떠올렸다. 모는 텃밭에서 따 온 상추가 얼마나 맛있는지 여러 차례 말했는데 그게 모의 작은 기쁨이라는 것을 장은 잘 알았다. 정말 맛있다. 여린 잎이라 더 맛있다. 이렇게 맛있을 수가 없다. 모가 원하는 만큼 감탄했다. 얼마든지 여러 번 그렇게 할 마음이 생겼다. 자려고 누웠을 때, 모가 욕실에서 볼일을 보고 나왔다. 하고 싶다는 생각을 잠깐 하기도 했다. 양조위의 젊은 얼굴이 불쑥 스쳐 지나갔다. 쓸 만했지. 장은 자신의 성기를 생각했고, 잠들었다. 새벽에 깼을 때는 기분이 전날 새벽과 다르지 않았다. 아랫배가 묵직했다. 시원하게 볼일을 보고 싶었다. 몇 차례 끊겨 나오는 오줌 소리를 듣고, 침대에 돌아와 누우니, 새 기사에 대해 들었던 이야기들이 떠올랐다. 한 시간 뒤면 모가 새벽 예배에 나갈 시간이다. 큰애 취직 좀 되게 해달라고, 작은애네 집 빨리 장만하게 해달라고. 우리 손주 건강하게 태어나게 해달라고. 모는 빈다고 했다. 당신은 기도도 안 먹혀. 하나님도 두 손 두 발 다 드실 만하지. 모가 언젠가 말했었다. 장은 모의 등을 향해 모로 누웠다. 모가 숨 쉬는 기척이 참기 힘들 때도 많았었는데. 장은 모에게 몸을 바짝 붙여보았다. 큰아들이 쓰는 건너편 작은방의 불은 계속 켜져 있을 것이다. 소리는 어디선가 계속되었고, 장은 모가 돌아눕기 전에 잠들었다.

리듬 3

아아아안.
소리가 울리다, 끊긴 버스 차고지는 저수지 근처에 있다.
아아안 아아안.
의도는 바닥을 드러낸다.
갈라 터지고 찢어지고 진물 흐르는.
소리가 다시 시작되었을 때 장은 버스에 올라탄다.
시동을 건다.
바퀴가 굴러간다.

버스가 움직인다.

버스는 저수지를 출발해 서른네 개의 정류장을 통과한 뒤 회차지인 도립공원 입구에 도착할 것이다.

회차지에서 다시 출발한 버스는 똑같은 서른네 개의 정류장을 거꾸로 통과한 뒤 저수지에 도착할 것이다.

끝나지 않는 부루마불.

나라마다 역사가 있다.

부루마불은 1982년 씨앗사에서 출시되었다.

장의 집은 저수지에서 멀지 않은 곳에 있고 장은 버스에 오르면 습관적으로 라디오를 켰다. 첫 정류소는 저수지 앞 오리백숙집을 지나면 바로 있다.

버스가 정차한다.

장은 앞문 열림 스위치를 올린다.

아직 내릴 사람은 없다.

저수지에 오리가 사나.

앞문이 열리고 언젠가 내릴 한 남자가 올라탄다.

남자는 이 정류장이 낯설다.

어서 오십쇼.

장의 목소리는 낮고 굵다.

눈이 마주쳤는데 소름이 끼쳤다니까요.

도라지 냄새가 났어요.

그 방에서.

은발의 버스 기사.

장은 운전사로서 버스에 있다.

장이 앞문 열림 스위치를 반대 방향으로 내린다.

문이 닫힌다.

버스가 달린다.

창밖의 풍경이 차의 속도에 따라 달린다.

삼키다, 입안에 있던 것이 목구멍으로 넘어가 어둠 속으로 떨어진다.*

입김, 얼어 있는 창에는 입김이 서리지 않는다.

붙잡다, 물을 두 손으로 꽉 움켜쥔다.

단어마다 떠오르는 이미지가 있다.

상실은 쓸 수 없다.

모든 이미지를 앗아간다.

아무것도 멈출 수 없다.

소리는 계속되고, 버스는 다음 정류장에 멈춰 선다.

손수레를 든 여자 하나, 무선 이어폰을 낀 여자 하나가 탄다.

어서 오세요, 어서 오세요.

여자들이 차례로 태그하고, 자리에 앉는다.

장은 가속페달을 밟고, 10미터 앞 신호가 노란색으로 바뀐다.

버스는 대기 선에 정차한다.

「은행 이어 생명보험사도 '유언 대용 신탁' 경쟁 참전」

「수컷 병아리 5천만 마리 학살 태어나자마자 분쇄·압사·익사」

「1년 만 48킬로그램 감량한 英 여성의 비결…… '이것' 중요해」

「日 언론 "사도 광산 '강제 노동' 빼기로 사전 합의"…… 외교부 "표현만 안 했을 뿐"」

「'60조 원 가치' 텅스텐 광산 지역 경제 되살릴까」

이어폰을 낀 여자가 뉴스의 제목을 일별한다.

신호가 초록불로 바뀌고, 여자가 포털 창을 닫는다.

"인생은 빈 술잔 들고 취하는 것. 그대여 나머지 사랑은 나의 빈 잔에 채워줘."

광고가 끝난 라디오에서 노래가 나오기 시작한다.

여자는 이어폰의 볼륨을 높인다.

"I'm like some kind of Supernova watch out look at me go."

버스가 다음 정류장에 정차한다.

내리는 사람은 없다.

앞문이 열리고, 다섯 사람이 올라탄다.

제일 먼저 버스에 탔던 남자는 몇 개의 정류장을 지나치는 동안 휴대폰 화면만 들여다보고 있다.

휴대폰 안에서 버스 모형이 노선을 따라 움직인다.

네번째 사람이 올라타서, 두 명이요, 말하고 다섯번째 사람이 먼저 뒷자리로 이동한다.

장은 두 사람의 요금을 입력하고, 네번째 사람이 카드를 태그한다.

두 사람은 2인용 좌석에 나란히 앉는다.

한 사람이 한 사람의 어깨에 기댄다.

버스는 출발한다.

버스는 정차한다.

공자는 말했다.

"어두운 방에서 검은 고양이를 찾는 것보다 더 어려운 일은 없다. 특히 고양이가 없을 때는 더 그렇다."

소리는 멈추지 않고

아아안, 아아아안,

버스는 출발한다.

따아아아,

버스는 정차한다.

한 사람이 내리고, 세 사람이 올라탄다.

버스는 출발한다.

아아안,

손으로 흰 티셔츠를 빨았어.

물기를 꽉 짜고.

양어깨를 잡고 탁탁 털어 볕 좋은 창가에 널었어.

오이를 소금으로 문질러 씻고.

가시를 과도로 긁어냈어.

동글동글 썰어서 새콤하게 무쳤지.

물걸레로 모든 바닥을 닦았는데.

버스는 정차한다.

손수레를 든 여자가 올라탄다.

아아아,

손수레를 붙들고 있는 여자 앞 좌석에 앉는다.

올해 몇 살이오?

나이는 왜 물어요?

아니, 늙으면 죽어야지.

여든하나.

비슷하네.

나는 여든넷.

죽어야지.

죽는 게 내 맘대로 되나.

아아안,

아아아아,

아아안,

"길을 걸었지, 누군가 옆에 있다고 느꼈을 때 나는 알아버렸네."

장은 라디오에서 나오는 노래를 작게 흥얼거린다.

버스가 달린다.

버스가 정차한다.

다섯 사람이 내리고, 일곱 사람이 올라탄다.

어서 오세요, 어서 오세요, 어서 오세요, 어서 오세요.

안녕하세요.

다섯번째 사람이 인사를 한다.

버스가 달린다.

버스가 정차한다.

아아아안, 아아아,

영원을 바라지 않는다.

부재만이 영원하다.

버스의 왼편으로 해가 들다가, 어둑해진다.

비가 쏟아진다.

버스가 달린다.

아아안, 따아,

장은 와이퍼를 작동한다.

고개를 숙이고 있던 사람들이 창밖을 본다.

비가 쏟아진다.

닭이 알을 낳고, 알을 낳고, 울고, 울고, 죽었다.
동이 트면.
따아안, 따아아아,
창에 빗줄기가 대각선으로 그어진다.
우산을 쓴 사람들이 횡단보도 앞에 서 있다.
버스가 정차한다.
몸통, 몸통, 얼굴, 머리, 머리, 주먹.
따아아아안, 아아아,

리듬 4

 장의 버스는 열네번째 정류장을 통과해, 열다섯번째 정류장을 향해 가고 있었다. 열다섯번째 정류장은 중학교 앞으로, 평소에 많은 사람이 타고 내리는 정류장은 아니었고, 학생들의 등하교 시간에만 일시적으로 승객이 늘었다가 그 시간이 지나면 어쩌다 한두 명의 사람이 내리거나 올라탈 뿐 조용했다. 이미 등교 시간은 지났기 때문에 그곳에서 내리겠다고 벨을 누른 사람은 없었다. 장은 여유롭게 열다섯번째 정류장을 향해 가속페달을 밟았다. 정류장 바로 앞 삼거리 신호는 초록불이었는데, 삼거리에 버스 두 대가 차선을 이탈해 시옷 모양으로 정차되어 있는 것이 보였다. 장은 속도를 줄였다. 한 대는 중학교 인근을 오가는 마을버스였고, 나머지 한 대는 888번이었다. 888번 버스 앞에 운전사로 보이는 사람이 서 있는 것이 보였다. 낯선 뒷모습이었다. 장은 한 남자와 이야기를 나누고 있는 운전사 옆에 차를 세웠다. 888에 승객은 없었다. 텅 빈 버스가 진행하던 방향을 향해 서 있었고, 차가 부서지거나 긁힌 부분은 보이지 않았다. 마을버스에는 승객이 여럿 있는 것 같았지만, 장에게 승객들의 얼굴까지 보이지는 않았다. 장은 운전석 창문을 열고, 낯선 운전사를 향해 물었다. 어떻게 된 겁니까? 허리에 양손을 얹고 있던 남자가 고개를 돌려 장을 빤히 보았다. 그렇게 잘생긴 사람은 또 처음 보네. 장은 어제 들었던 말을 떠올렸다. 짙은 눈썹 아래 새까만 눈동자가 장을 빤히 바라보았다. 쏘아보는 눈빛이 강렬해서 장은 자기도 모르게 눈을 깜빡였다. 살짝 팬 팔자주름 옆으로 푸른빛 점이 보였다. 운전사는 장을 빤히 볼 뿐 대답이 없었고, 장은 오래 정차하고 있을 수 없었다. 정류장으로 들어가려는 차들이 줄줄이 뒤를 이어 오고 있는 것이 사이드미러로 보였다. 장은 헛기침을 한 번 하고 가속페달을 밟았다. 라디오의 소리를 줄이고, 정류소에 정차했다. 앞문 열림 버튼을 올리고, 왼손으로 휴대폰을 들어 회사 사무실에 전화했다. 장이 운전하는 노선과 888번 버스는 같은 운수회사에 속했기 때문에 장은 자신이 목격한 것을 전달

할 필요가 있다고 느꼈다. 예, 여보세요. 여기 중학교 삼거리인데 888 사고 났어요. 누가 신호를 깼는지, 좌회전하는 마을버스 옆구리를 받은 거 같은데, 둘 중 누가 신호를 깼지, 신호 까서 생긴 사고야. 길에 운전사가 서 있길래 물어봤는데, 답을 안 해. 모르는지 어떤지 모르겠어요. 이래서 경력이 중요해. 암튼 여기 그래서 정신없어. 장이 통화를 하는 동안 버스는 다음 정류장을 향해 움직였다. 다음 정류장에는 2차 병원이 있어서, 노인들이 많이 타고 내렸는데, 장은 하차 벨에 불이 들어왔음에도 정차 후 뒷문 여는 것을 놓쳤다. 장에게는 아무 소리도 들리지 않았다. 여기 난리라니까. 장이 말할 때, 손수레를 끈 노인이 문 열어요, 외쳤다. 장은 죄송하다는 말도 없이 뒷문을 열었고, 노인이 내리는 것을 지켜보지 않았다. 장은 멈추지 않았다. S에게 전화를 걸며 다음 정류장을 향해 출발했고, S가 받자, 지금 여기 중학교 삼거리인데 888 신호 까서 마을버스 옆구리를 받았어. 길에 나와 서 있는데, 모르지, 누가 깼는지. 누구 잘못인지. 암튼 사고 나서 길이 좀 혼잡하니까 알고 있으라고. 걱정이네, 걱정이야. 버스는 그사이 작은 다리를 하나 건넜다. 물의 양이 적은 하천 위에 놓인 다리였는데 언제나 차가 많아 혼잡한 도로였다. 장은 다리를 지나면 바로 있는 정류장에 사람이 여럿 서 있는 것을 보았다. 이번에 하차 벨은 울리지 않았고, 장은 멈출 수 없었다. 장은 앞문 열림 버튼을 올리며 K에게 전화를 걸었다. 888 사고야, 사고. 길에 둘이 서 있더라니까. 글쎄, 오도 가도 못 하고 지금 길이 꽉 막혀서 난리야, 난리. 모르지. 멀뚱하니 서 있던데. 누가 신호를 깼는지. 둘 중 하나가 신호를 깼으니까 그런 일이 생기지. 아니, 아니. 좌회전하는 09를 받았다니까. 888은 비어 있고, 09 손님들은 그대로던데 모르지. 암튼 지금 여기가 난장판이야, 아주. 걱정스럽네, 저거. 장이 모는 버스는 순조롭게 달렸다. 다리를 통과한 후 차들은 다른 진·출입로로 이어지는 도로로 빠지고, 장의 버스가 가는 방향 도로는 한산했다. 플라타너스들이 8차선 도로의 양옆을 따라 늘어서 있었는데, 비가 오고 그친 뒤라 바람에 잎이 말라가고 있었다. 파란 하늘에 흰 구름이 뜬 배경으로 장의 버스는 터널의 입구에 들어섰고 버스에서 말하고 있는 사람은 장뿐이었다. 장은 U에게 전화를 걸었다. 얘기 들었어? 나 방금 지나왔잖아. 888이 신호 까서 마을버스 옆구리를 받았더라고. 왜 그 새로 온. 봤어? 신호 안 깠으면 그러고 받을 일이 없지. 좌회전하는 09를 888이 그냥 갖다 받은 거라니까. 길에 서 있는 거 보니까 멀쩡하더라고. 왜냐니까 얼이 빠졌는지 말도 못 해. 하차 벨이 울렸다. 터널을 빠져나가면, 지하철역이 있었다. 내릴 사람들이 뒷문으로 모여드는 동안 장은, 아니, 그래서 길이 꽉 막히고 난리가 났다니까. 무슨 큰일인지. 걱정도 보통 걱정이 아니네. 목소리를 높였다. 장의 목소리는 점점 높아졌지만, 승객 중 누구도 장을 보는 사람은 없었다. 버스는 지하철역 앞에 멈춰 섰고, 사람들이 우르르 내렸다. 예닐곱 명이 내린 버스에는 이제 맨 앞 좌석에 앉은 사람 한 명과 장, 두 사람뿐이었다. 장의 전화벨이 요란한 소리를 내며 울렸다. 사랑하기 딱 좋은 나인데. 노래가 시작될 때, 장은 전화를 받았다. 모에게 온 전화였는데, 모가 장에게 전화를 거는 것은 드문 일이었다. 장은 지난달에 결혼한 작은아들 내외 소식인가 싶었다. 신혼여행에 다녀온 뒤 인사를 다녀가서는 아직 아무 소식이 없어서 궁금하던 참이었기 때문에 저녁때 온다는 얘기일까? 스치듯 생각했다. 계속된 전화로 휴대폰도 장도 달아올라 있었다. 버스는 파이프 공장들이 모여 있는 도로에 들어섰고, 여보세요, 장은 당연히 모의 목소리가 들려올 것이라 생각했다. 모선영 님 보호자 되시죠? 장은 낯선 목소리를 들었고, 온몸이 차갑게 식었다. 심장이 미친 듯이 뛰기 시작했다.

리듬 5

여자가 눈을 감고 누워 있다

장은 회차지에 버스를 세우고, 도립공원 앞에서 택시를 탄다.

계속 모에게 전화를 걸지만 모는 전화를 받지 않는다.

등산복을 입은 사람들이 도로변 막걸릿집으로 몰려 들어간다.

느릿한 피아노곡이 반복적으로 흘러나온다.

한 번도 이렇게 길게 들어본 적 없는 멜로디.

욕조에 물이 차고
절에 눈이 쌓이고
목련나무에 꽃이 피어

장은 모에게 무릎 꿇고 빌었던 날을 생각한다.
택시가 얼마 달리지 않아 사거리 신호에 걸려 멈춰 선다.
그래, 애들 어린 거 알아. 내가 다 잘못했어.
그러니까 제발, 헤어져주라.
장은 그날 눈물을 흘리기도 했다.

흰 항아리에 손을 넣었지만
아무것도 없다

진우 아빠,
모가 침대에 걸터앉아 장을 빤히 보았다.

그 순간을 놓치지 않고 장이 눈을 감았다 떠서,
두 눈에서 눈물이 주르륵 흘렀다.
모가 천천히 일어섰다.
순식간에 양손으로 장의 머리채를 잡았다.

꽃병이 부서지면
꽃잎에 눈이 부시다

네가 이러고도 사람 새끼야?
택시 기사가 틀어놓은 라디오 채널에서 뉴스가 시작되었다.
마약 밀매 조직이 국내에 마약을 들여오다가 적발되었는데.
장은 분했다.
잡힌 머리 뿌리가 당겨서 눈물이 다시 고였다.
사람이니까 사랑하지. 사랑 빼면 뭐가 남아.
산 것도 아니고 죽은 것도 아니고.
장은 자신이 했던 말을, 그 말을 할 때 간절했던 마음을 기억했다.

너는 여름 이불을 덮고 잠들었다
하염없이 내리는 눈을 보고 있는 기분
눈은 어떤 순간도 잃지 않는다

돌이킬 수 없어지기를 바랐다.

사랑해, 누나가 아니라 그 여자를.

장은 벗어나고 싶어서 망가지기로 결심했다.

개나 줘.

제발.

모는 그때 분명 웃었다.

장의 몸이 뜨거워졌다.

거의 잊고 있었는데.

택시가 오르막을 오르고 있었다.

창밖으로 병원 입구가 보였다.

사람들이 들어가고, 나오고, 서성이고, 들어갔다.

둘째 아들 또래의 남자가 담배를 입에 물고 있는 것이 보였다.

깡통 속에 들어 있는 불을 윙윙 돌리면

불이 원을 그렸어

윙윙 깡통이 나한테 떨어질까 무서워 점점 세게 돌렸지

얼마나 빠르게 도는지

내 팔이 내 팔 같지 않았다니까

멈추는 법을 몰라서 계속 돌렸어

아버지, 저도 아버지 같은 아버지가 되고 싶어요.
아버지는 저에게 두려움을 느끼게 한 적이 없어요.
살면서 한 번도 아버지를 공포의 대상으로 느낀 적 없었고
세상을, 삶을 두려워한 적도 없었어요.
아버지는 제가 원할 때 늘 그 자리에 계셨으니까요.
아이가 생겼다는 걸 알고, 두려웠어요.
아버지 같은 아버지가 되지 못할까 봐.
둘째 아들이 결혼식 전날 장에게 말했었다.

철사가 손에 파고드는 줄도 모르고
피가 나는데도
꽉 잡고 있어

장은 고개를 돌렸다.
흰머리 남자의 손을 잡고 병원을 벗어나는 아이가 보였다.
해가 지는지 밖이 붉었다.
장은 눈을 감았다.
이를 악물었다.
둘째네는 언제 올 건가.
아침에 모가 혼잣말처럼 했던 말을 떠올렸다.

택시가 응급실 앞에 도착했다.

돌을 굴려 돌을 굴려 돌 위에 돌을 얹고
기어이 속을 뒤집어

한 번만 기회를 주십시오.
장은 누구에게 하는지 모를 기도를 했다.

목격을 멈출 수 없다
원 위로 원이 지나간다

장은 평생,
멈춘 적이 없었다.

허무만 견디고 싶어

장은 사랑을 맹세하고, 속삭이고, 영원을 약속하는 대신
혀를, 손가락을, 성기를 더 깊숙이 밀어 넣었다.

무인도에 눈이 내린다
바다에 눈이 쌓인다

사라진 것을 어떻게 계속 잃을 수 있나

한 번만 원한 여자는 한 명도 없었다.
장은 자신의 생을 이런 식으로 마주하고 싶은 마음이 없었다.

마라케시에서 만나요
세 걸음 걸으면 주머니가 가득 차

누나, 누나.
처음 만났을 때 장은 모를 그렇게 불렀다.
내가 누나 좋아하는 거 알죠?
내 눈 본 사람은 다 알아.

짐승이라는 말에 목이 묶여
나는 네발로 운다
홍시가 물러터진다

장은 응급실에 들어섰다.
아픈 사람이 너무 많았다.
누나, 누나.
장은 불렀다.

단 한 번도 흑백으로 상상하지 않았다
영원에는 색이 없다

언제까지 기다려야 하는 거죠?
누군가 간호사를 붙잡고 소리쳤다.
허리가 굽은 노인의 팔을 부축한 사람이 장의 어깨를 밀고 지나갔다.
병실 구석에 커튼이 쳐져 있는 침대가 유독 크게 보였다.
모가 매일 보는 드라마에는 매번 다른 등장인물들이 나왔지만, 장에게는 그 모든 드라마가 같은 드라마로 보였다.
드라마에서는 응급실에 가는 일도, 누군가 죽거나 다치는 일도, 죽은 줄 알았던 사람이 살아나는 일도 많았다.

그네가 앞뒤로 움직일 때 들었다
너는 밥 먹고 사랑만 하지

아이를 업은 여자가 응급실로 뛰어 들어왔다.
진우 엄마, 진우 엄마,
장이 모를 부르며 침대들 사이를 정신없이 걸어갈 때,
뒤에서 누군가 장의 팔을 잡았다.

산악회 이름이 새겨진 흰 반소매 티를 입은 젊은 남자였다.
남자 뒤로 응급실 문이 열렸다, 닫혔다.
보기 좋게 그을린 근육질의 남자가 장을 내려다보며 웃었다.

눈을 감고 웃었다

리듬 6

어머, 장 사장님. 입원한 사모님 간호하시라니까 왜 나오셨어요?

집사람은 멀쩡합니다.

아니, 그래도 사고가 났는데, 일주일은 병원에서 간호를 해드려야죠. 저희도 그래야 마음이 편하고요.

지금도 병원에서 오는 길이에요. 마음 써주셔서 감사합니다, 사모님.

그만하길 다행이에요. 뇌진탕이 재수 없으면. 어휴, 끔찍해.

검사는 다 했고, 아무 이상 없다니 감사한 일이죠.

제가 온 거는 아까 전화로도 말씀드렸지만, 저는 노선을 바꿀 생각이 없습니다.

아이참, 장 사장님 또 이러시네. 사장님하고도 다 얘기 끝난

거를 이렇게 찾아오고 하시니. 아까 다 말씀드렸잖아요. 저희 오빠가 경력이 없어서 긴 노선 운행이 벅차다고. 이번에 사고도 있었는데, 무리해서 하다가 덜컥 아프기라도 하면. 회사 입장도 있고 하니까. 888이 왕복 네 시간이니까. 경력자가 좀 해주셔야죠.

제가 사고를 낸 것도 아닌데, 왜 제가 노선을 바꿔요. 책임을 질 사람이 저야죠. 책임질 사람은 따로 있는데.

장 사장님, 말 이상하게 하신다. 책임이라뇨. 사고가 누구 책임인데요? 09, 09 책임인 거 못 들으셨어요? 남의 회사 기사가 어떻게 책임을 져요. 그리고 사람도 다치고 그런 일인데 책임, 잘잘못 따지고 그런 건 좀, 인간적으로 좀. 그렇잖아요. 지금 누구 책임인 게 중요해요? 오빠도 충격받아서, 지금도 우황청심환 먹고 일하고 있어요.

아니, 사모님. 제가 말을 이상하게 하는 게 아니고. 제가 낸 사고가 아닌데, 왜 제가 그 긴 노선으로 가야 하냐고요.

그럼, 누가 가요? 누군가는 가야 되잖아요. 888 한 대 놀려요? 그럴 수 없는 거 누구보다 잘 아시는 분이 왜 이러실까.

그게 왜 하필 접니까. 저 여기서 할 만큼 했어요. 저 여기서만 10년 무사곱니다.

젊은 사람들 생각도 해주셔야죠. 다들 형님, 형님 따르잖아요. 다른 분들은 힘들어서 못 버텨요. 장 사장님이니까 10년이

나 무사고로 하셨으니 맡기는 거죠. 아니, 사장님도 다 그렇게 알고 출장 가셨는데, 여기 와서 이러신다고 달라지는 거 없어요, 장 사장님.

제가 이 나이에 왕복 네 시간 노선을 어떻게 탑니까. 내 친구들도 다. 암튼 저 이렇게 긴 노선 못 합니다.

그럼 어쩌죠, 저희가 새로운 기사님을 알아봐야 할까요?

저보고 나가라는 겁니까, 사모님?

아니, 저희가 사장님 편의도 봐드릴 만큼 봐드렸고, 사모님 편히 회복하시라고 휴가도 드렸는데. 나가라고 했다니요. 사장님이 지금 못 하신다고 하니까. 어떻게 대비를 해야 하나 싶어서 드리는 말씀이잖아요. 막말로 사장님이야 그만두고 나가시면 그만이지만. 저희는 또 하루 비면 손해가 이만저만 아닌 거 아시면서. 왜 그러세요. 아실 만한 분이.

이게 다 지금 특혜 아닙니까? 그 새로운 기사가 사모님 6촌 오빠라 편의 봐주는 거 아니냐고요.

어머, 장 사장님. 말씀 서운하게 하시네. 새로운 기사라뇨. 저희 오빠 법 없이도 살 사람이에요. 매주 우리 교회에서 성경모임 인도하고, 신실한 사람한테. 특혜라니. 무슨 말씀을 그렇게 무섭게 하세요. 오빠는 자기가 계속하겠다는 걸, 제가 말렸어요. 제가.

그러니까, 사모님이 알아서 챙기는 거 아니냐고요.

장 사장님. 아니, 장 기사님. 뭐 착각하시나 본데 기사님은 그냥 월급 받고 시키는 일 해주시면 되는 거예요. 운영은 저희 부부가 하는 거지. 이래라저래라, 그러시는 거는 월권이죠. 장 기사님 보기보다 좀 그렇다.

이런, 씨.

뭐라고 하셨어요, 지금? 욕하신 거 아니죠? 품위를 지키셔야죠. 저한테 이렇게 무례하게 구시면 서로 곤란하지 않겠어요? 우리 사장님이 사람이 좋기만 한 거 같아도, 칼이에요, 칼.

저기요, 사모님.

저도 마음 안 좋으니까 그만하세요, 예? 기사님. 큰아들 아직 장가도 못 보냈잖아. 그 아들 장가는 보내셔야지. 내가 괜찮은 처녀 소개해드릴게. 아직도 그렇게 집에만 있다면서요? 근데 뭐, 요즘 세상에 누가 벌면 어때. 있는 사람들은 있는 거 티도 안 내.

리듬 7

소리가 잠시도 멈추지 않는 폐허다. 소리가 있는 건 바람이 있기 때문이다. 어디에나 소음 벽이 있다. 핵심을 비껴가도록 정교하게 설계된 소음 터널의 끝이 보이지 않는다. 소리는 창을 열면 어디에나 있고 귀들은 떠 있다. 연결되지 않는다. 장은 오늘 일을 모르는 척할 것이다. 장은 이 일을 없었던 일로 만들 것이다. 장이 기억하지 않는다면 장에게 오늘은 기억에 없는 수많은 하루처럼 잊힐 것이다. 장은 사무실을 빠져나오며 정차되어 있는 888 버스를 보았다. 남자의 얼굴, 자신의 팔을 잡았던 아귀의 힘. 장은 응급실에서 마주쳤던 남자를 떠올렸다. 지금은 아니다. 일을 언젠가 그만두더라도 지금은 아니다. 반복은 의미를 무화한다. 양치기 소년이 했던 거짓말의 핵심은 거짓에 있는 것이 아니라, 반복에 있다. 오늘 병실에서 나오기 전에 장은 모에게 복숭아를 깎아 주었다. 물복숭아의 단물이 장의 두툼한 손가락 사이로 흘렀다. 입원실에서 먹고 잔 2박 3일 동안 장은 그 산악회에 대해, 모가 매달 나갔던 산악회에 관해, 이따금 1박이나 2박을 하고 돌아오기도 했던 산악회에 대해 묻지 않았다. 젊어 보이던데. 몸 좋더라. 남자에 대해 넌지시 물어볼까도 생각했고, 그 새끼 뭐야, 둘이 무슨 사인데. 따질까도 싶었지만. 장은 두려웠다. 너무 많은 소리에 노출된 귀는 비명을 구분하지 못한다. 모르는 척하기로 했다. 모르는 척할 수 있을 때까지 모르는 척하는 사람의 얼굴. 장은 그걸 잘 알고 있었다. 그건 오랫동안 장이 가장 가까이에서 보아온 모의 얼굴이었으니까. 온몸으로 알 수 있다. 그 남자의 손. 그것에 닿았을 때, 그 남자가 씩 웃었을 때, 모선영 님 보호자 되시죠? 물었을 때 장은 단숨에 알았다. 귀를 질식시키는 법은 간단하다. 귀는 매미 소리를 매미의 비명으로 듣지 않는다. 장은 오늘 일이 없었으므로, 정류장에서 막 출발하려는 888번 버스에 올라탔다. S가 알 만하다는 얼굴로 장이 올라타는 것을 지켜보았다. 형님, 다음 주부터 888 탄다면서요? 장은 아무 대답 없이 앞문 바로 앞자리에 앉았다. 888은 모가 입원해 있는 병원 근처를 지난다. 병원으로 돌아갈 생각이었다. 계속되는 소리. 그놈이 또 올 수도 있으니까. 계속되는 소리. 전혀 거리낌 없는 얼굴. 계속되는 소리는 어떤 소리에도 머물지 못하게 한다. 간단한 검사를 하고, 입원실을 정하는 동안 그 남자는 어디에 있었는지 사라졌다가 다시 나타났었다. 다른 입이 다른 입을 꽉 문다. 다른 눈이 다른 눈을 녹여버린다. 입원실에 온 남자를 바라보는 모의 얼굴이 장의 눈에 새삼 낯설게 보였다. 모는 그 남자를 장에게 우리 산악회 총무라고 소개했었다. 어디에나 소리가 있다. 눈을 뜨고, 접속, 소리, 눈을 감고, 접속, 소리, 고개를 숙이고, 접속, 소리, 걸어가면서, 접속, 소리. 이런 생각에 빠져 있는 장에게 S는 쉬지 않고 떠들었다. 일하는 중에 단절, 소리, 사랑하는 중에 단절, 소리, 사람을 만나는 동안, 단절, 소리. 우리 승연이 남자친구 의대생이라고 내가 말했나. 잔상, 소리, 잔상, 소리, 잔상, 소리. 지난번에 인사하러 왔는데 키도 크고 애가 남자다워. 요즘 애들 같지 않고. 의사 사위 보겠네. 장은 입원실에 있을 모를 생각하면서 건성으로 대답했다. 뒤울림, 뒤울림, 뒤울림. 아니 똑똑한 애들끼리 만나니까 보기는 좋더라고. 우리 승연이 로스쿨 다니느라 고생만 하는 줄 알았더니, 똑똑한 애들은 연애도 똑똑하게 해, 보면. 너 자신을 혹사하라. 장은 S에 대해 아는 게 없었다. S가 이번에 어떤 차로 바꿨는지, 거실 TV가 몇 인치인지. 양문형 냉장고의 양쪽 문짝 색깔까지 말했지만. 자기 아내의 허리 사이즈까지 자랑해야 직성이 풀리는 S를 장은 줄곧 별생각 없이 대해왔다. S가 이야기를 시작하면 슬그머니 자리를 뜨는 사람들에게 눈인사를 하기도 했다. 그칠 줄 모르고 밤새 울리는 북. 둥둥. 사내자식이 저렇게 좀스러워서. 사는 재미가 자랑밖에 없으니. 장은 S가 자랑을 할 때마다 말할 수 없는 자부심을 느꼈다. 그런 날에는 두 번, 세 번 더 오래, 더 잘되는 것 같기도 했다. 피로. 피로. 피로. 케이블카가 산 정상에서 추락했다. 케이블카 끈이 끊어져서 케이블카에 타고 있던 사람 열 명이 즉사했다. 엘리베이터에서 무차별 폭행을 당하는 사람의 CCTV 영상이, 발에 얼굴이 밟히고, 머리통이 짓이겨지는 사람의 영상이 반복 재생된다. 장은 사람마다 타고난 그릇이 다르다는 말을 실감할 때마다 S의 희고 고운 손이 S와 잘 어울린다고 생각했다. 그런 게 자랑이냐는 말을 입 밖으로 꺼내는 대신, 언제 사우나나 같이 갈까, 물었다. 끔찍해, 어떻게 저런 일이. 그

기사 봤어? 오늘 처음으로 장은 S를 참기가 어려웠다. 우리 승연이 신혼여행 갈 때 우리 부부도 따라가는 건 좀 그럴까? 끔찍하다. 그 사람 너무 안됐어. 걔는 하와이 가고 싶다는데. 장은 점점 신이 나서 혼자 떠들고 있는 S를 가만히 보았다. 인간이 어떻게 그럴 수가. 자기 인생 참 한심하다고 생각하는데 장의 계좌의 입금 알람이 여러 개 떴다. 1억씩 다섯 번에 나눠 들어왔으니 5억이 분명했다. 장은 처음에 자신이 숫자를 잘못 본 거라고 생각했다. 멈출 줄 모르는 난도질. 보낸 이에 큰아들 이름이 떠 있었다. 신경을 조여오는 날카로운 소리들. 서른이 넘도록 제대로 취직도 못 하고 방구석에만 있었던 놈. 무감해지는 장기들. 장은 요즘 계좌에 돈을 무조건 입금하고, 사기를 치는 놈들도 있다는 뉴스를 본 기억이 났다. 1년 전 오늘, 10년 전 오늘의 사건 사고 들이 포털 메인 화면에 오르고. 바로 큰아들에게 전화를 걸었다. S가 콧노래를 흥얼거리며 앞문을 열고 있었다. 장이 큰아들에게 전화를 거는 일은 거의 없었다. 고통에 둔감해진다. 큰아들은 거의 집에 있었고, 방에서 잘 나오지도 않았기 때문에 용건이랄 게 없었다. 빈번하게 전시되는 절망. 신호가 몇 번 가는 동안 장은 초조했다. 아들은 전화를 받지 않았다. 신호화된 비참. 안 좋은 일은 연달아 생긴다더니. 장은 머리를 벅벅 긁었다. 다시 통화 버튼을 눌렀다. 기호가 된 죽음. S가 맞은편에서 오는 버스 기사와 반갑게 손을 들어 인사했다. 장도 한눈에 알아볼 수 있는 얼굴이었다. 치밀하게 작동하는 벽. 선글라스를 썼지만, 그 안에 있는 눈빛을 바로 알아볼 수 있었다. 장은 다리를 떨기 시작했다. 오른 다리를 위아래로 떨면서 S의 옆얼굴로 겹쳐 지나가는 선글라스를 쓴 기사의 얼굴을 쏘아보았다. 사랑하기 딱 좋은 나인데. 전화벨이 울렸다. 장은 계속 다리를 떨면서 전화를 받았다. 아빠, 큰아들의 목소리가 들렸다. 아빠. 너, 이게 뭐냐? 장의 목소리에 화가 실렸다. 뭐요? 이 돈, 뭐냐고. 이 돈. 용돈이에요. 큰아들이 실실 웃는 소리가 들렸다. 엄마 다치셨잖아요, 병원비도 쓰고, 아버지 좋은 술도 사 드시라고. 네가 무슨 돈이 있어? 일도 안 하는 놈이. 요새 누가 일해서 돈 벌어요? 아빠도 참. 소리는 멈추지 않는다. 장은 속 편한 아들의 목소리를 듣고 있자니 불안하면서도 한편 진짜 내 돈인가 싶었다. 그러니까 이게 진짜 네 돈이라고? 이제 아버지 돈이죠. 아무 소리도 들리지 않는다. 그러니까 이 큰돈을 어디서 어떻게 벌었냐니까. 언성이 높아지자, S가 자신을 보는 게 느껴졌다. 장의 다리는 떨기를 멈추었다. 장이 더 이상 다리의 반복 운동에 기대지 않았기 때문에. 장은 버스가 정차하기를 기다리고 있는 몇 미터 앞 정류장의 사람들을 보았다. 운전이랑 똑같아요. 흐름을 타야죠. 흐름을. 저 바빠요. 전화가 끊겼다. 소리는 그치지 않고, 소리는 시작된다. 심장이 어느 때보다 빠른 속도로 뛰기 시작했다. 조금 전에

리듬 97

스쳐 지나간 얼굴은 완전히 잊혔다. 장은 묻고 싶은 게 많았다. 왜 지금까지 한 번도 돈 번다는 얘기를 안 했는지. 왜 그동안 주는 용돈은 다 받아 갔는지. 둘째 결혼할 때 한 푼도 보태지 않더니. 소리는 찌르고, 소리는 빗나간다. 장은 자리에서 일어섰다. 무슨 일 있어요, 형님? S가 물었다. 장은 다음 정류장에 정차하기를 기다리며 앞문 앞에 섰다. 아들이 용돈을 보냈네, 5억. 장은 잊지 않고 말했다. 공유의 매혹. 앞문이 열리자마자 뛰어내렸다. 병원이 아니라 집을 향해 가는 방향으로 길을 건넜다. 큰아들을 만나야 했다. 큰아들이 태어난 날 이후 장의 인생에서 가장 큰아들이 간절하게 보고 싶은 날이었다. 무슨 소리가? 병원에 있는 모와 산악회 남자는 완전히 잊혔다. 소리가 소리를 감춘다. 택시가 집으로 달리는 동안 장은 자신이 알고 있는 이름을 몇 떠올렸다. 이거 세금 엄청 때려 맞는 거 아닌가. 아무 소리도 들리지 않는다. 멈추지 않는 폐허다. 먼바다에서 파도가 밀려오고, 밀려간다. 장은 자신이 한 5년쯤 젊어진 것 같은 기분에 사로잡혔다. 요의를 느꼈다. 몸이 뜨거워졌다.

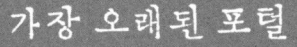
가장 오래된 포털

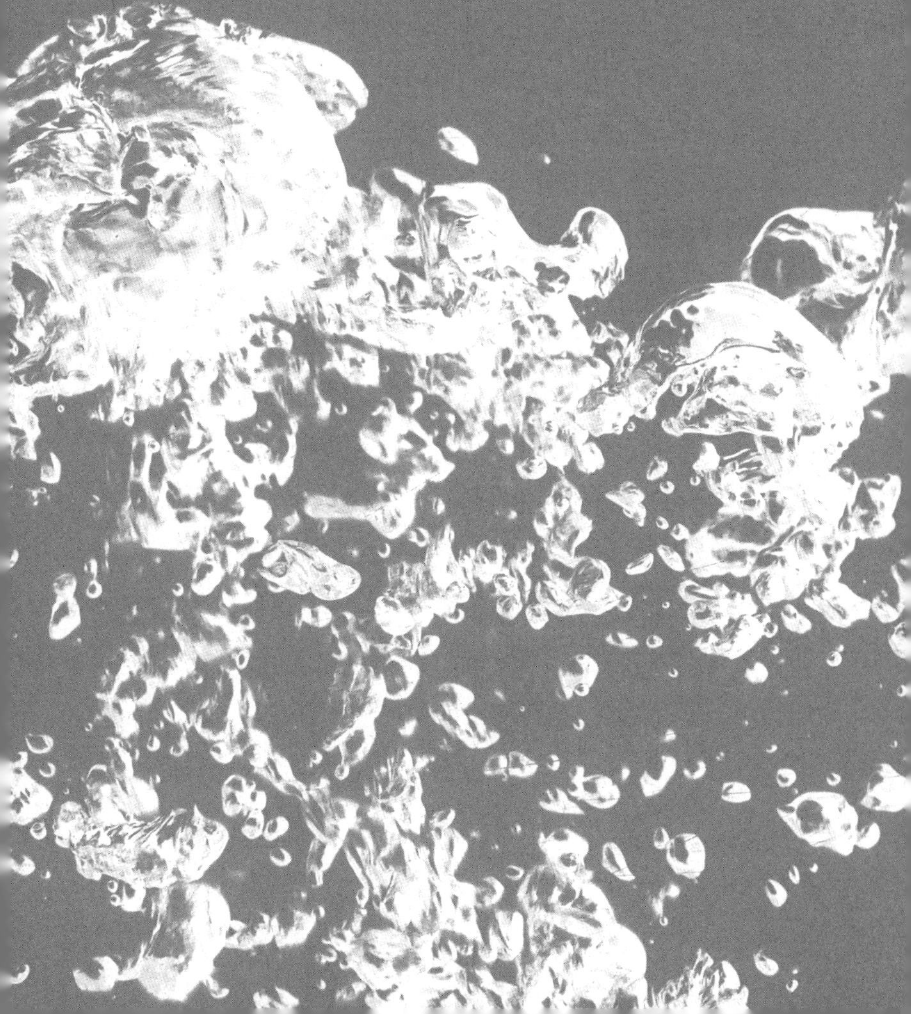

화성의 바람 소리를 들었어. 먼지바람이 이는 화성 표면이 보였고 바람 소리가 들렸어. 같은 방향을 가리키고 있다는 생각이 들어. 모든 것이. 미국에 사는 어떤 새들 얘기인데. 회오리가 오기 몇 달 전에 그들은 멀리 날아간대. 몇 달 뒤에 회오리가 올 것을 알아차리고. 사람들이 그들의 움직임을 통해 회오리가 올 것을 예측한다고. 당신은 말하고 있어. 새들은 무리 지어 날아가지. 인간도 다시 무리 지어 살게 될 거래. 누구였더라. 당신은 듣고 있어. 모른 척하고 싶다. 그럴 때 있잖아. 그게 뭐든. 넌 꼭 그러더라. 나뭇잎이 우수수 떨어진다. 우수수. 당신은 웃어. 웃음소리는 나지 않아. 한 달 동안 매일 기도했어. 당신은 창밖을 내다보고. 이런 느낌은 처음이야. 그런데 구름은 어떻게 생긴 거지? 당신이 턱을 괴고 생각할 때, 바람은 구름을 통과해. 당신은 누군가와 눈을 마주치고. 바람에는 시작과 끝이 없고, 구름은 뭉게뭉게고. 고집이 자기 자신이라고 믿는 사람도 있지. 믿음과 맞붙고 싶지 않아. 당신은 말하고, 구름은 뭉게뭉게라고 말하는 사람들은 가까운 곳에 모여 살아. 지금은 당신과 맞붙어 있어.

 기다리고 있어. 계속 움직이면서 기다리고 있어. 도착할 때까지. 미래가 과거가 될 때까지. 계속 움직이면서 기다리고 있어. 되뇌는 당신의 눈에 오른발과 왼발이 번갈아 나타나. 바람이 불어. 꽃잎이 펄펄 날려. 왼발, 오른발, 왼발 오른발. 맺힌 데 없는 사람을 보고 싶다. 당신은 바닥을 보고 걷다가, 고개를 들어. 막힌 길 위에 고가가 나타나. 고가 위로 전철이 지나가. 당신을 보고 있는 것이 당신만은 아니야. 언제나 당신 가까이. 저기로 올라가는 길이 분명 있을 텐데. 당신은 방금 지나온 골목을 돌아봐. 어둠 속 빌라의 1층 공동 현관으로 당신과 피부색이 다른 사람들이 들어가고 있어. 현관 위에 노란 불. 당신은 그곳이 아주 먼 어떤 곳이라고 느껴. 불 켜진 현관은 당신으로부터 2백 미터쯤 떨어져 있는데. 비슷한 건 네 사람의 키. 왜 여기까지 왔지. 현관 아래 등은 곧 꺼지고. 텅 빈 골목. 사람은 한 명도 다니지 않아. 드문드문 가로등이 켜 있고, 멀리 초승달이 떠 있어. 구름이 달 위를 지나가는 중이야. 달은 구름 속에 들어갔다가 조금 전보다 더 선명하게 나타나. 구름과 달은 만난 적이 없지만. 만나지 않고도 당신 안에 머물렀다 가는 것들이 있지. 컹, 컹 어디선가 개가 짖고. 바람이 불어. 오른발, 왼발. 이제 꽃잎은 보이지 않아. 술집은 문을 닫았어. 당신은 그 술집에 누군가와 함께 있었고. 사람들이 모두 한 방향을 향해 걷고 있어. 사람들이 가는 반대 방향으로 걷기 시작했나.

한쪽 방향으로 걸어가는 사람들처럼. 건반 위를 지나가는 손가락들이 있고. 고개를 흔드는 사람이 있고. 허리를 구부정하게 구부리고 앉은 남자가 있어. 2021년 2월 9일 칙 코리아가 세상을 떠났다. 그는 퓨전 재즈 그룹 Return to Forever를 결성했다. 칙 코리아의 마지막 앨범은 「Plays」다. 당신은 술집에서, 대략 이런 내용의 이야기를 들었어. Return to Forever. 칙 코리아가 잠깐 스쳐 지나갔나. 당신은 창밖을 보고 있었는데. 사람들이 움직이는 게 보였고. 잔디밭 건너 작은 전구들이 반짝거렸지. 크리스마스가 지난 지 꽤 오래되었는데. 아침에 방에서 들었던 피아노 소리가 떠올랐어. 건반 위를 움직이는 작은 손가락들. 당신은 연주자가 아이일 거라고 생각해. 도에서 도까지. 한 옥타브도 되지 않는 엄지의 끝에서 새끼손가락의 끝까지. 손을 벌리려고 애쓰던 당신의 어린 시절을 떠올렸지. 그런 시절이 있었나. 당신은 칙 코리아를 검색하려고 가방에서 휴대폰을 꺼냈어. Plays. 도도솔도도솔. 소리를 완성하는 것은 나.

속삭임 같은. 칙 코리아의 사진이 떴을 때. 그러니까. 몇 시간 전에 당신에게 자신을 소개한 사람이 이야기를 시작해. 당신은 당신의 계획이 완전히 실패했다는 것을 깨달아. 파도가 밀려와. 기억을 밀어내려고. 당신은 확신, 증명 같은 단어들을 떠올렸고, 유행에 대한 이야기를 시작했어. 꿈에 어떤 사람이 손을 잡고 어떻게 해야 네가 내 말을 믿을까. 눈물을 흘리더라고. 그 사람 손이 너무 뜨거워서. 열이 있는 것 같은데. 말했거든. 근데 그 사람이 웃으면서 자기는 괜찮다는 거야. 괜찮습니다. 저는 괜찮아요. 뭐가 괜찮냐? 묻고 싶었는데. 당신이 하품을 해. 당신은 유행에 대한 이야기는 그만두기로 하고. 고점에 물려서. 당신은 당신의 입과 눈을 번갈아 보다가. 증명이나 확신 같은 단어들은 잊었고. 지금 여기서 뭘 하고 있는 걸까. 창밖을 보다가.

오른발, 왼발, 오른발, 왼발. 당신은 술이 깨는 걸 느껴. 초록이 눈에 좋다던데. 당신은 생각하고. 고개를 들어 하늘을 봐. 멀리 초승달이 떠 있고, 달 위로 흰 구름이 지나고 있어. 당신은 당신이 구름을 통과하는 상상을 하고. 뛰어내리는 상상을 하고. 잠깐 하늘에 뜬 상상을 하고. 파란 구멍에 흰 구름. 흰 구멍에 흰 구름. 검정 구멍에 흰 구름. 같은 구름이 다른 구름이 되는 상상을 해. 당신은 구멍의 색깔이 바뀌는 것을 다행으로 여겨. 오른발, 왼발. 당신의 구멍도 색깔을 바꾸지. 닮은 것이 너무 많아. 소주 몇 병을 사서 들어가야겠다. 당신은 생각하고, 편의점 앞 갓길에 주차되어 있는 차를 봐. 당신은 몇 달 전 여행을 갔었어. 당신이 탔던 차는 바다 앞에 멈춰 서 있어. 파도가 밀려와. 몇 달째 꼼짝 않고 서 있는 차 안. 당신은 이 해변에 전날 오후에 도착했어. 검은 모래 해변. 모래 속에서는 미라나 도시가 발견되기도 하지. 미라나 도시. 파도가 밀려왔다가 밀려 나가기를 반복해. 사람들은 그 도시가 몇 년 전의 도시인지 밝히고 싶어 하고. 예외 없이. 어디선가 사람들이 나타나. 해변의 끝까지 걸어갔다가, 사진을 찍고 주차장으로 돌아가는 것을 당신은 보고 있었어. 왜 가족들은 멀리서 보면 다 화목해 보일까. 그건 당신이 들은 말. 당신은 누워서 바다와 하늘이 점점 같아지는 것을 봤어. 규칙적인 파도 소리가 들려왔고. 당신은 부드럽게 규칙적으로 움직였지. 가장 오래된 움직임. 파도 소리와 낮은 숨소리 사이에서. 파도가 밀려와. 파도가 밀려와. 생각해봤어? 당신은 아무 말도 하지 못했고. 생각해봤어? 질문에 끝내 답을 찾지 못해서. 네가 나쁜 사람은 아니야. 그런데. 당신은 들었어. 차는 바다 앞에 멈춰 서 있었는데. 막막하다. 당신은 말하지 못했지. 생각해봤냐고? 검은 해변이 온통 물에 잠겨. 당신은 무엇이든 결심하고 싶지만. 당신이 할 수 있는 결심이 없다는 걸 알아. 당신은 도망치고 싶어. 노려보던 차의 후

미등 앞으로, 편의점 앞으로, 길가에 서 있는 당신으로 돌아와. 파도가 밀려와. 파도가 밀려와. 당신은 눈을 감은 적이 없지만. 운전자가 창을 내리고 당신에게 욕을 해. 미친. 뒈지려면 곱게 뒈져. 눈 똑바로 뜨고 다녀. 확. 당신은 멀어지는 흰 차를 바라봐. 뒈지려면 곱게. 방금 들은 말들을 복기하다가. 당신의 손톱이 당신의 손바닥을 파고들어. 멀리 초록 버스가 지나가는 게 보이네.

숙취 때문이었을까. 다음 날은 아침부터 이상한 날이었어. 어쩌면 꿈부터 이상한 날. 물이 서 있어. 당신이 서 있는 곳은 산 중턱. 산의 정상으로부터 중턱까지. 물이 서 있어. 폭포는 아니야. 물은 산에 걸쳐 분명 서 있어. 쏟아지지 않아. 서서 넘실거려. 당신은 물의 깊이를 알 수 없지만. 초록에 가까운 물이 당신을 끌어당겨. 당신은 그 안으로 성큼성큼 걸어 들어가는 상상을 하면서 물을 바라봐. 바다를 가르고 그 앞에 서면 이런 기분일까. 파도 없이 거대한 물. 고요하다. 산의 절반을 뒤덮고 있는 물 주변으로 나무들과 바위들이 보여. 당신은 물빛에 숨이 막히고 물은 햇빛을 받아 빛나. 나뭇잎들의 그림자가 물 위에서 일렁이고. 물은 규칙적으로 숨을 토해내듯 적은 양의 물을 아래로 흘려. 이상하다. 물이 한 줄기 흘러, 당신의 발을 적셔. 물은 당신 가까이 있고. 물은 서 있어. 이렇게 큰 물이 서 있는 것을 당신은 처음 보는데. 알람이 울어. 순식간에 물은 사라지고 천장이 나타났지. 천장은 떠 있어. 당신을 둘러싸고 있는 네 개의 벽을 가늠해보려는 당신의 눈에 들어온 것은 당신을 둘러싸고 있는 붙박이 가구들. 책상, 옷장, 냉장고, 침대. 키도 부피도 작은 것들. 세로로 긴 직사각형 방 안에 당신은 누워 있어. 당신은 눈을 감아. 서 있는 물을 떠올려. 물빛을 기억해. 다시 물 앞으로 돌아가고 싶지만 알람이 울어. 당신은 알람을 끄고 몸을 일으켜. 천장이 사라지고 불투명한 유리로 만들어진 욕실 벽이 눈앞에 서 있어. 당신은 불투명한 유리에 물이 넘실거리는 것을 봐. 물이 서 있어. 두 손으로 얼굴을 문지르고. 물을 지우고. 욕실 문을 열고 들어가. 밤새 몸에 모인 물을 흘려보내고. 몸에 물을 흘려보내고. 옷을 갈아입고. 당신은 방문을 열고 나왔어. 복도에서 누군가 마주쳤는데 처음 보는 사람은 아니었어. 안녕하세요, 그 사람이 인사를 건네서 당신은 당황했어. 한 번도 인사를 나눈 적이 없는 사람이었으니까. 안녕하세요. 그 사람이 당신에게 한 말은 그게 전부. 당신은 놀라서 그 사람의 눈을 보았는데. 날 아는 사람이었나. 저 눈빛. 당신은 조금 전보다 더 당황했고 괜한 경계심이 생겨서 고개를 숙이는 듯 마는 듯 인사를 했어. 당신의 입 밖으로는 아무 소리도 나오지 않았고. 그 사람은 당신을 지나쳐서 자신의 방으로 들어갔지. 방문이 닫히는 소리가 들렸어. 책상 의자를 빼는 소리도. 음음. 목을 가다듬는 소리도. 샤워기에서 물이 쏟아지는 소리도 들렸어. 어떤 소리가 그 사람의 소리일까 생각하며 당신은 평소보다 길어진 복도를 걸었어. 신발장에서 신발을 꺼내고 조용히 내려놓고 발을 신발 속에 넣고 잠깐 물빛을 떠올렸나. 2층 현관문을 여는 동안 그 사람의 눈빛은 잊었어. 당연하잖아. 당신은 아르바이트를 가는 중이고, 오늘 몇 명이나 진상 손님들을 만나야 할지 알 수 없고, 걸어서 출근할 편의점은 지하철로 세 정거장 떨어져 있는 역 앞에 있었으니까. 당신은 계단을 빠르게, 그렇지만 소리 없이 내려갔어. 경계심은 이상한 불쾌함으로 바뀌었고. 인사를 받았을 뿐인데. 찜찜한 마음이 자라기 시작한 이유를 당신은 알 수 없었지. 이미 수백 번도 더 내려간 계단. 기분은 쉽게 바닥을 드러내. 당신은 빠르게 마지막 계단에 도착해. 1층 현관문을 열고 밖으로 나오다가 주인을 만났어. 안녕하세요. 당신은 놀랐어. 누구에게도 절대로 먼저 인사하는 법이 없는 주인이 당신을 보고 허리를 폈는데, 당신은 너무 놀란 나머지 주인과 눈을 마주쳤어. 주인은 부서진 콘크리트를 살피는 중이었다고 묻지도 않은 말을 했지. 당신은 주인이 왜 그런 눈으로 당신을 보는지 알 수 없었고 이상한 기분이 들었지만 마음이 급했기 때문에 오래 생각에 머물지는 않았어. 안녕하세요. 이번에는 소리를 냈던가. 고개를 숙였고 빠른 걸음으로 골목을 벗어났어. 뭔가 어긋나고 있는데. 뭔가.

불안한 마음으로 당신은 골목을 빠져나가. 경계심 때문에 불안해졌다는 생각은 하지 않고. 괜히 귀찮게. 서 있는 물. 물빛이 떠올라. 밤새 바라본 물빛을 생각하면서 빠른 걸음으로 걷다가. 골목 끝에서 갑자기 찬바람이 불어와, 외투를 여미고, 큰길로 빠져나가. 그러니까 그때.

 당신은 사람들 사이를 본다. 사람들이 빠르게 당신을 스쳐 지나가. 익숙한 소음. 승용차와 오토바이, 버스와 트럭이 나란히 달려가. 서로의 속도를 가늠하면서. 다 다른 방식으로 나이를 먹어. 골몰은 가속도를 더하고. 평생 파놓은 함정에 빠지기도 하면서. 내면은 이어져 있다. 당신은 이런 방식으로 생각하는 사람이 아니야. 당신은 같은 시간이면 침대에 눕고, 곧바로 잠에 들고, 한 번도 깨지 않고 깊은 잠을 자고, 같은 시간에 눈을 뜨고. 시계를 확인하고, 이어진 시간 속으로 들어가. 당신은 문장으로 생각하지 않지. 사람들의 뇌가 하나의 도시처럼 연결되어 있는 것 같다. 하나의 통로에서 다른 통로로. 상습정체구간을 지나 사고다발지역으로. 어린이보호구역을 지나 상습안개구역으로. 도시는 순환한다. 도시의 순환은 피와 호르몬의 순환. 기억과 망각의 순환. 이런 방식은 당신의 방식이 아니야. 당신은 무심히 일어서고, 앉아. 당신은 무심히 움직이고, 멈춰. 당신의 꿈도 생각도. 물처럼 흘러. 한 방향으로. 흐르던

대로. 좁고 구불구불한 길. 당신은 방향을 바꾸지 않고. 노래를 부를러. 당신의 노래는 엉망이고, 가사는 잘 들리지도 않아. 웅얼웅얼. 맞는 음은 하나도 없어. 음정은 조금씩 자리를 벗어나고 박자는 반 박자씩 늦어. 당신은 무심히 걸어. 바람은 당신의 머리칼을 헝클어뜨리고. 당신은 앞을 향해 걸어. 하늘도 땅도 보지 않고, 나무도 새도 보지 않고. 앞만 보고 걸어. 갑자기 찬바람이 불어와, 차들은 신호에 멈춰 서고, 전동 킥보드를 탄 사람이 당신을 간신히 피해 가. 가로수로 심어진 꽃나무에서 꽃잎이 펄펄 날리고 있어. 몇 미터 앞에 당신이 매일 가는 편의점이 보여. 당신은 매일 같은 시간에 일어나, 같은 길을 걸어, 같은 편의점으로 출근해. 사람들 사이를 지나. 사람들 사이를 본다. 도시가 아름답지 않다는 것을 잘 알고 있다. 도시의 야경에 숨이 막힌다. 마르지 않는 강이 흐르고 있다. 당신은 이런 방식으로 생각하지 않지. 당신은 하나만 생각해. 노래를 부르면 옆에 있을 거야. 이 노래를 부르면 거기가 어디든 당신 옆에 있을게. 당신은 하나만 생각해. 당신은 하나를 포기할 수 없어서 모든 걸 포기해. 당신은 아무에게도 말 걸지 않고. 아무것도 바라지 않아. 당신은 무심히 일어나서 무심히 화장실에 가고 무심히 물을 마시고 아무에게도 실망하지 않지. 당신은 무심히 몇 개의 계단을 내려가고, 몇 개의 계단을 오르고. 당신은 오래 살기를 바라지 않고 억지로 죽기를 결심하지 않아. 이어지는 것은 노래. 다만 시간의 속삭임 같은. 바람은 당신의 머리를 헝클어뜨리고. 당신 옆에 있을게. 편의점 문 앞에 꽃잎이 떨어져 있어.

  딸랑, 종이 울리고. 당신은 한밤의 편의점 문을 밀고 들어가. 어서, 안녕하세요. 당신이 오기만을 기다리고 있던 앞 타임 학생이 반갑게 인사를 해. 당신은 오늘도 정확히 10분 일찍 도착했어. 빠르게 교대를 하고, 서둘러 학생을 보내. 이미 앞 타임 학생이 다 한 일이지만. 당신은 다시 물건의 재고를 파악하고, 유통기한을 확인하고, 제품들의 열과 오를 맞추면서. 편의점의 일부가 돼. 쌓여 있는 컵라면이나 생수병 들, 온장고 속에 들어 있는 따뜻한 음료들, 약장 속 알약들과 당신이 다르지 않다고 느껴. 딸랑, 종이 울리고, 어둠 속에서 손님이 들어와. 어서 오세요. 당신은 반사적으로 인사를 하고, 손님이 물건을 고르기를 기다리고, 바코드를 찍고, 계산을 하고, 원 플러스 원 상품을 챙겨 주고, 안녕히 가세요, 인사를 해. 그러는 동안 당신은 기다려. 같이 가. 같이 가. 빨리 와. 빨리 오라니까. 바람은 당신의 점퍼를 부풀리고. 자전거는 청보리밭 사이를 달려. 바퀴가 빠르게 돌아가. 청보리밭의 보리는 초록. 당신에게는 밭의 끝이 보이지 않고. 같이 가. 같이 가. 당신은 불러. 하늘이 끝도 없이 이어져. 흰 구름이 바람을 따라 움직여. 같이 가자니까. 당신은 온 힘을 다해 부르지만, 앞서가는 자전거는 조금씩 더 멀어져. 바퀴는 빠르게 돌아가고. 대답은 돌아오지 않아. 바람이 당신의 머리칼을 헝클어뜨려. 같이 가자니까. 당신이 온 힘을 다해 소리칠 때. 털이 하얗고 커다란 동물이 청보리밭에서 불쑥 나와. 당신 가까이. 당신은 발 구르기를 멈추고. 점점 더 멀어지는 자전거를 바라봐. 계속 멀어져서 이제 점으로 보이는 자전거를 바라봐. 동물은 그사이 당신 곁에 와 있어. 당신은 동물의 눈을 봐. 개도 곰도 아니고 고양이도 늑대도 아니고. 당신은 그 동물의 이름을 몰라. 당신은 한쪽으로 자전거를 눕혀놓고 동물에게 다가가. 청보리가 바람에 흔들려. 이제 사라진 자전거는 점으로도 보이지 않아. 만져도 될까. 당신은 동물의 눈을 들여다보고. 동물은 당신의 눈을 들여다봐. 처음 보는 당신의 얼굴. 마음이 작고 단단하게 뭉쳐. 당신은 무릎을 굽히고 쪼그려 앉아. 당신의 허리쯤 오는 동물의 등에 손을 대. 당신의 손에 동물의 체온이 느껴져. 순간, 등에 노란색이 번져. 당신은 놀라서 손을 떼. 당신의 손을 보고 다시 등을 보는데, 동물의 등은 새하얗고, 조그만 얼룩도 없어. 청보리는 바람에 흔들리고. 당신은 조심스럽게 동물의 등에 뺨을 기대. 뺨을 따라 푸른색이 번져. 꼬리 끝까지. 짧고 뭉툭한 꼬리에 파랑이 고여. 눈앞에서 청보리는 사라지고. 밤의 끝까지 사라지고. 끝없는 땅. 붉은 흙. 바람에 흙먼지가 날려. 눈에 먼지가 날아들어.

당신은 눈을 감아. 네발로 서 있어. 당신은 숨을 죽이고. 숨소리를 들어. 가만가만 오르내리는 배. 눈앞에서. 당신을 부르던 목소리가 사라지고. 당신은 처음 듣는 동물의 울음을 들어. 같이 가. 같이 가. 당신은 울지 못해. 당신의 귓속. 당신은 눈을 감고. 눈을 뜨고. 당신은 걷고, 서고. 당신은 허리를 굽히고, 펴고. 당신은 물건을 옮기고, 담고. 어디서나. 당신의 귓속. 꿈에서 깨지 않아.

당신의 꿈은 아니지만. 앞 건물의 은빛 연통이 울고 있어. 연통을 통과하는 기체는 연통을 울려. 당신을 통과하는 언어는 기체도 액체도 아니지만. 당신을 울리지. 해는 지고 여명이 남아서 하늘은 검푸른색인데. 곧 어두워지겠다. 물소리가 들려. 책 한 권 크기의 창문이 열려 있어. 당신은 조금 전 하나의 단어를 포기했어. 그것은 단지 하나의 단어일 뿐이다. 당신은 그것을 포기하기로 갑자기, 결정했지. 결정의 순간. 단어가 바뀌었나. 당신은 일을 마치고 집으로 돌아오는 길이었는데 버스의 맨 뒷자리에 앉아 있었어. 오늘따라 죽을 만큼 피곤했고, 눈이 뻑뻑했지만 곧 내려야 했기 때문에 눈을 부릅뜨고 있었지. 싱크 공장, 고전 한복, 함석, 닥트, 밀링까지 간판을 따라 읽다가 골목에 서 있는 목련나무를 봤는데. 바닥에 떨어진 꽃잎은 벌써 까맣게 썩기 시작했고. 꽃잎들이 꼭 타들어가는 것 같다.

당신은 생각했지. 예약 문의, 감염 예방, 하루 국수, 신축 공사, 가지세요를 지나쳤어. 버스에 언제부터 라디오가 틀어져 있었지. 당신은 버스에 앉아 있는 사람들의 뒤통수를 봤고. 앞사람의 가마는 둘. 정수리, 정수리. 달리는 버스 안에서. 당신은 냉면, 햄버거, 청국장을 순서대로 맛보고 있었지만. 아직 뭘 먹을지 정하지 못했고. 당신은 부장의 경솔함을 참을 수 없어. 이어폰 볼륨을 최대로 높이고 욕이 쏟아지는 랩을 들으며 이를 갈았고. 나는 당신의 마음을 읽는다. 당신의 마음은 오락가락하고, 들고 나고, 웃었다가 울었다가 하는데. 버스가 갑자기 미친 듯이 달려서 마음이 엉뚱하게 읽힌다. 당신의 극장은 나의 약국. 당신의 산책은 나의 운명. 나는 당신의 산책을 믿지 않아. 목적 없는 반복. 도착 없는 출발. 당신은 책에 코를 박고 생각했지. 당신은 꾸벅꾸벅 졸고 있었는데. 버스에서 다음 정거장을 알리는 안내 방송이 들렸어. 미친 듯이 달리던 버스는 신호에 걸려 멈춰 섰고. 견인 지역. 오르막을 오르는 당신이 있었는데. 사철나무들이 나란히 심어져 있어. 당신은 사철나무에 대해 생각하지 않지. 모두 환영합니다. 당신은 글자를 읽을 수 있지만. 당신과 같은 것을 보진 않아. 졸고 있던 당신의 전화벨이 울려. 당신은 놀라고. 버스는 어느 지하 차도에 서 있어. 모르겠다. 이젠 정말 모르겠다. 당신은 생각했고. 주먹을 세게 쥐었어. 생각 속에 눈을 부릅뜨고 있다가 내릴 정류장을 지나칠 뻔했지. 당신은 몇 개의 계단을 오르고, 다시 몇 개의 골목을 빠져나와. 다시 몇 개의 계단을 올라. 당신은 조금 전에 집에 도착했어. 창문은 닫혀 있었고, 집엔 아무도 없었어. 세상에 단어는 수없이 많았지만. 당신은 계속 한 단어에 대해 생각하는 것에 익숙했고. 그러니까 씨발. 그러니까 씨발. 이제 당신은 반복하고 있었고. 막막하다. 당신은 생각했어. 주먹을 꽉 쥐고. 그것을 계속 생각하다가. 손톱이 손바닥을 파고들어. 갑자기. 그것은 단지 하나의 단어일 뿐이다. 당신은 진심으로 생각했어. 창문을 열어야겠다.

당신은 뛰어들어.
당신은 뛰어들어.
오우무아무아, 오우무아무아.
무슨 소리야? 오우무아무아. 당신은 말하고. 이따 영화 볼까? 당신은 들어. 쿠키처럼 생겼대. 뭐가? 오우무아무아. 성간천체. 무슨 일 있지? 당신은 들어. 당신은 줄곧 같은 벽에 기대어 앉아 있어. 물을 마시고, 다리를 긁고, 손에 쥔 야구공을 던졌다 받았다 하면서. 당신이 기대어 앉은 벽에는 액자가 하나 걸려 있고. 액자에는 사진이 들어 있어. 청보리밭 사이로 난 길에 자전거의 핸들을 붙잡고 서 있는 한 사람이 있어. 그 길 끝에 점으로 보이는 자전거가 있고. 왜 이렇게 일찍 일어나서 앉아 있어? 오우무아무아. 외계인이 보낸 걸 수도 있대. 당신은 말하고. 오우무아무아가 뭔데? 당신은 들어. 요즘 UFO를 봤다는 사람들이 늘고 있대. 이유가 뭔지 알아? 당신은 물어. 무슨 일이야. 말을 해. 딴소리 그만하고. 당신은 들어. 밤하늘을 보는 사람이 많아져서래. 잠은 좀 잔 거야? 당신은 들어. 4억 년 전쯤, 다른 천체와의 충돌로 행성에서 떨어져 나왔을 거래. 오우무아무아는 어둠 속 태양계를 스쳐 가고. 당신은 계속 손에 쥔 야구공을 던졌다 받았다 하면서. 오아무아무아. 오아무아무아. 반복해. 오아무아무아. 오아무아무아. 같은 생각만 하고 있어. 오아무아무아. 오아무아무아. 당신은 계속 말하고. 오우무아무아라며. 진짜 무슨 일 있어? 당신은 들어. 오우무아무아는 32억 킬로미터 떨어진 곳에서 지구를 지나가고 있고. 당신은 냉장고 문을 열고, 닫고. 오아무아무아. 계속. 이름을 잘못 부르면서. 오아무아무아. 물을 마시고, 오줌을 싸고. 오아무아무아. 야구공이 공중으로 올라갔다가 돌아오는 것을 보면서. 같은 벽에 기대어 앉아. 무한히. 반복하다 보면 잊게 되는 게 있다는 걸 알아. 아드 인피니툼. 무한히. 아드 인피니툼. 무한히. 아드 인피니툼. 반복하면. 사라져. 오우무아무아. 오우무아무아. 열린 창으로 바람이 들어와. 당신은 창밖으로 보이는 하늘을 봐. 우리 바다 보러 갈까? 당신은 들어. 희미해진 것은 비슷하게 보이지. 오우무아무아 오우무아무아 반복하다가. 오아무아무아 오아무아무아. 계속하는 것처럼. 뭐가 잘못됐지. 두 눈을 감고. 막막하다. 당신은 들어. 야구공이 당신의 손을 떠났다 돌아올 때. 숨을 들이쉬고, 내쉬고, 멀리 걸어가는 사람이 보여.

  숨을 들이쉬고, 내쉬고,
  들이쉬고, 내쉬고,
  당신은 속을 파서 소리를 만든다.
  속을 파서 소리를 만드는 건 목탁이나 당신이나 매한가지.
  땅속에서 물푸레나무 뿌리를 캐내고 논에 3년간 묻고, 나무의 진을 빼고, 가마솥에 삶고, 그늘에 말리고, 도끼, 자귀, 칼로 자르고 두드리고 파내, 목탁의 형태를 만들고, 목탁 표면에 숯검정을 칠하고, 말리고, 들기름을 칠하고, 칠하고, 칠하고, 칠하고, 일곱 번 칠하면.
  목탁이 완성된다.
  목탁의 소리는 10리를 가.

  우주는 검고, 밤은 어둡지만. 내내 손을 잡고 걸어가는 사람들이 있어. 당신은 걷다가 지쳐 하늘을 봤고, 멀리 뜬 달을 봤어. 달 위로 구름이 지나갔던가. 당신은 정말 오랜만에 버스가 타고 싶어졌지. 어디로 가고 싶은 거지. 뉴스는 계속해서 먼 나라의 소식을 전하고. 당신은 눈을 감고 버스 창에 머리를 기대고 있어. 빛을 그대로 통과시키는 얇은 분홍 잎들. 바닥은 떨어진 꽃잎들로 가득하고. 버스는 달려. 당신은 무리의 중간쯤 서 있어. 같은 학교 사람들이 당신 주위에 있어. 당신은 조금쯤 불안하지만 그만큼 안전하다고 느끼기도 해. 당신은 혼자가 아니고 당신의 무리 속에 있어. 당신은 앞에 있는 뒤통수를 봐. 미안, 내가 조금 늦었지. 머리를 자르러 갔는데 손님이 많아서. 그냥 나올까 하다가. 말하는 것을 보면서 당신은 웃었어. 한 바퀴 걸을까. 공원에 사람이 많아서 당신은 그만 공원을 벗어나고 싶었는데. 싫다고 하기 싫어서 걷기 시작했어. 공기 중에 민들레 꽃씨가 날아다녀. 너도 머리 잘랐네. 잘 어울려. 과제는 다 했어? 당신은 동시에 말하고 동시에 듣고 동시에 웃어. 다음 학기 어떻게 해야 할지 모르겠어. 넌 어때? 당신은 말하고 지나가는 흰 강아지를 보고 호수에 햇빛이 일렁이는 걸 봐. 모르겠어. 다음 학기. 생각하기도 싫다. 당신은 웃고. 당신과 동시에 호수를 보는 뒤통수를 보다, 분수에서 죽은 사람의 심장이 발견됐대. 당신은 들어. 심장이? 당신은 묻고. 심장을 보관함에 넣어서 묻었다나 봐. 당신은 들어. 분수 밑에 심장이. 당신은 말해. 처음 듣는 새소리가 들려. 당신은 하늘을 올려다보고, 나뭇가지에 앉은 새를 발견해. 이집트에 가본 적 있어? 당신은 들어. 아니, 나 평생 비행기 한 번도 못 타봤어. 나도. 우리

다음에 이집트 갈까. 왜? 피라미드 아래 심장을 묻게. 뭐? 당신은 동시에 말하고 동시에 묻고 동시에 웃어. 새싹은 나뭇가지마다 피어나고 바람은 차가워. 당신의 목과 어깨가 경직되어 있어. 어디 들어가자. 어디로 갈까? 서둘러 걷다가. 나 긴장하면 눈을 잘 못 봐. 왜 심장을 묻었을까. 당신은 이 말 저 말 떠올리지만 아무 말도 하지는 않아. 열심히 걸어. 지금 당신은 혼자가 아니고 당신의 무리 속에 있어. 혼자가 아니다. 당신은 앞에 있는 뒤통수를 봐. 구호를 외쳐. 구호를 들어. 그때. 총소리. 몸이 반사적으로 움츠러들어. 당신은 두 팔로 머리를 감싸. 당신은 앉지도 서지도 못한 채로 얼어붙어. 당신의 심장은 무서운 속도로 뛰어. 단 한 번의 총성으로. 멈춰 서. 총소리. 당신은 뛰기 시작해. 귀를 막고 뛰기 시작해. 당신은 총소리를 듣게 될 거라고는 상상도 하지 못했지. 아무리 많아도. 아무리 많아도. 총소리는 계속돼. 당신은 공포에 질려 알 수 없는 소리를 질러. 손을 잡고 뛰는 사람. 일주일 전에 머리를 잘랐다고 했지. 총소리. 당신은 아무 소리도 들리지 않는다고 느껴. 귓속이 먹먹해. 물속에 잠긴 것처럼. 꽉 잡고 있던 손. 당신은 당신의 두 손을 깍지 껴서 꽉 잡고 있고. 라디오는 이제 먼 나라의 소식을 다 전하고, 유행하는 노래를 흘려보내고 있어. 먼 나라의 총소리. 꽃잎이 펄펄 날리고. 버스는 순환 버스. 당신은 내리지 않아. 그러니까 그때가 언제든.

가장 오래된 포털

죽고 싶어. 당신은 거리를 걷고, 무심히 나무의 곁을 지나고, 새소리를 들어. 버티고 있어. 당신은 턱을 괴고, 다리를 꼬고, 머리를 쓸어 넘겨. 살아 있어. 당신은 웃고, 말하고, 창밖을 내다봐. 믿고 싶어. 당신은 기대 없이도 실망하고, 잃고 있는지 모르면서 잃고 잃어. 미칠 거 같아. 미치겠어. 얼마나 더, 대체 얼마나 더. 여기까지만 생각하고, 술에 취하고, 노래를 불러. 살고 싶어. 사랑에 빠지고, 결심하고, 잊고, 잊어. 숨이 막혀. 당신은 잊은 걸 기억하고, 기억과 싸워. 기억해. 참을 수 없어. 당신은 뭔가에 이유 없이 끌리고, 근거 없는 확신을 갖고, 믿음이라는 함정에 빠지고, 아무라도 원망해. 도망치고 싶어. 당신은 재채기를 하고, 허리를 돌리고, 창문을 열어.

나를 불러.

나를 불러.

나를 불러.

두 발 움직이면 세 발 따라붙는

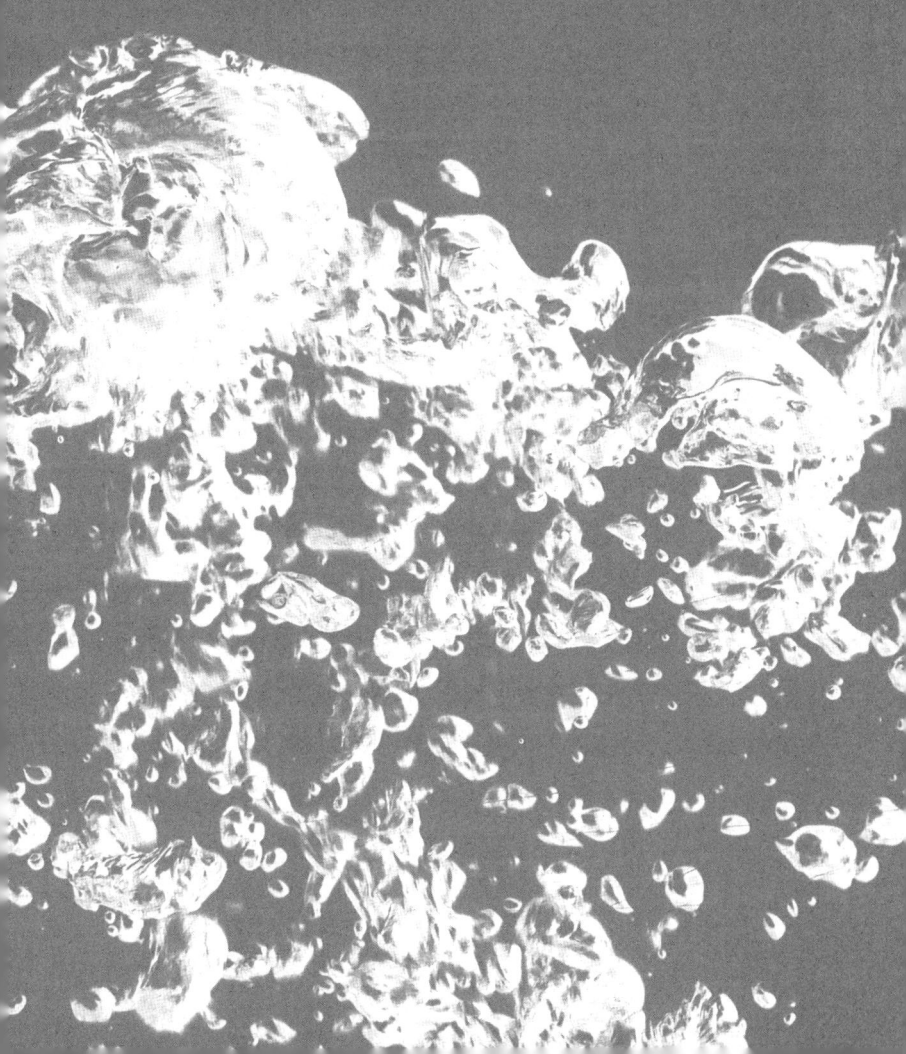

별생각이 없었다. 새벽에는 걸었다. 캄캄한 길을 걷다 보면 발소리에 집중하게 되었다. 오르막을 걸을 때보다 내리막을 걸을 때 발소리가 컸다. 발바닥에 기이한 경쾌함이 실렸다. 개들도 발소리를 알아듣고 숨만 몰아쉬었다. 동네를 한 바퀴 돌고 돌아올 때면 동이 터서 흰 산이 빛에 물들기 시작했다. 키가 작고 잎이 큰 나무들이 동네 어디에나 있었는데. 부리가 붉고 몸이 하얀 새들이 나뭇가지 위에 앉아 있어서 어디서나 고개를 돌리면 새와 눈이 마주쳤다. 멀리서 한 번도 본 적 없는 새소리가 들렸다. 그는 새소리에 익숙해지는 동안 새소리를 한 번도 의심하지 않았다. 그 소리를 새소리라고 믿게 된 근거 같은 건 필요 없었다. 새소리로 들려서 새소리로 들었다. 익숙한 것은 자연스럽게 느껴졌다. 자연스러운 것에는 저항하지 않았다. 동네 어디에서나 흰 산이 보였다. 산은 보이지 않을 때에도 있었다. 그는 별생각 없이 넋을 놓고 서 있다가 한 번씩 뒤를 돌아보았다. 동이 트고 산이 주황빛으로 물드는 것을 바라보는 것만으로 더 바랄 것이 없다는 생각이 들었다. 그것을 버리기로 결심했다. 그것은 각자의 것이고. 누구도 강요할 수 없는 것이므로. "어떤 것이 좋은 삶인가?" 사실 그것에 대해 아는 바가 없었다. 아는 바가 없었기 때문에. 그것을 버리기로 결심했다. 그는 살면서 지속적으로 어떤 인상을 받아왔다. 인상이 그를 둘러쌌다. 꾸준함, 끈질김, 구석구석, 흩어진. 판단의 근거. 인상이 확신이 되는 동안. 별생각 없이 살다 보면 얼마든지 그렇게 더 살 수도 있을 것 같았다. 그가 별생각 없이 뒤를 돌아보았다. 흰둥이가 흰둥이의 볼을 물었다. 호수 위에 색색의 나무배들이 떠 있었다. 호수 가운데 사원은 고요했다. 아무 소리도 들려오지 않았다. 물이 움직였다. 그는 물의 방향을 알 수 없었다. 물의 깊이는 물론. 흰둥이가 흰둥이의 똥구멍에 코를 박았다. 사흘 전에는 재즈 바 세이렌의노래 사장이 얼굴을 알아볼 수 없게 맞았다는 이야기를 들었다. 일주일 전이었나. 동네 어디에서나 그 얘기가 들렸다. 그는 재즈 바 사장을 본 적이 있었다. 몇 번인가 그 재즈 바에 갔었으니까. 세이렌의노래 한쪽 벽에는 LP가 가득 꽂혀 있었다. 범인이 세이렌의노래에 침입한 건 새벽이라고 했다. 그날은 라이브 공연이 있는 날이어서 사람들이 제법 많이 찾아왔다고. 보컬의 음색이 특히 베이

스와 잘 어울려서 모두 넋을 놓고 그 공연을 보았다고. 재즈 바가 있는 골목으로 수상한 사람이 들어서는 것을 본 사람은 없다고 했다. 세이렌의노래를 가득 채우던 음악이 그치고, 새벽의 고요함이 찾아왔을 때 재즈 바의 문이 열리고 누군가 들어왔다고. 들어오자마자 사장의 눈 주위를 세게 때렸다고 했다. 주먹이 쉴 새 없이 날아왔다고. 광대뼈가 으스러질 정도로 얼굴을 가격한 후에, 범인은 유유히 LP가 꽂혀 있는 벽 쪽으로 걸어갔다고. 몇 개의 LP를 꺼내 보더니 자신이 고른 밴드의 음악을 턴테이블에 올려 재생한 후에 범인은 사라졌다고 했다. 사장은 다음 날 아침까지 그대로 바닥에 누워 있었는데. 피를 너무 많이 흘려서 세이렌의노래 바닥이 피범벅이었다고. 아침부터 재즈 바에 음악이 틀어져 있는 경우는 없어서 딤섬집 사장도 이상하게 생각했다고 했다. 흰둥이가 재즈 바의 반쯤 열린 문으로 들어갔고, 들어갔다 나와서는 골목을 향해 계속 짖어서, 아침 장사를 준비하던 같은 골목의 사람들이 몰려들었다고. 흰둥이는 생전 짖는 아이가 아니었는데. 흰둥이가 아니었다면 큰일 날 뻔했다고 했다. 미친 인간이 너무 많다. 동네 어디에서나 그런 얘기가 들렸다. 그것을 버리기로 결심했다. 내 것이 아니므로. 내 것도 아닌데 버리지 않을 이유가 없다. 네 이웃의 괴물성을 간과하지 마라. 가상의 현실화, 현실의 가상화. 어느 쪽도 막을 수 없다. 재즈 바 사장이 얼굴이 부서지던 순간에만 잠깐 존재했던 것처럼. 광대뼈가 으스러진 사장이 온 동네를 떠다녔다. 피범벅이 된 사장이 동네 어디에나 있었다. 호수는 고요했다. 호숫가 근처 빵집에서 첫 빵이 구워져 나왔다. 흰 산이 주황빛으로 바뀌었다가 해가 하얗게 떠오르는 사이. 버터가 고온에 적당히 녹은 고소한 냄새. 그는 빵냄새에 이끌려 가만히 서 있기를 그만두고 빵집으로 걸었다. 처음부터 빵집 근처에 멈춰 서 있었다. 별생각 없이 빵을 기다리는 일. 빵집의 입간판 앞에 벌써 사람들이 서 있는 게 보였다. 입간판 위에 부리가 붉은 하얀 새가 앉아 있었다. 그는 사람들 사이에서 한눈에 옆집 여자를 알아보았다. 옆집 여자는 이제 막 빵집으로 들어서고 있었다.

    빵집 주인이 그를 알아보고 인사를 했다. 그는 오른손을 들어 늘 하던 방식으로 주인에게 인사했다. 빵집 누렁이가 배를 깔고 바닥에 엎드려 있다가 눈동자를 돌려 빵집 앞을 지나가는 사람들을 바라봤다. 산에 오르기 위해 이동하는 사람들. 흰 산을 향해 움직이는 행렬이 이어졌다. 일행이 아닌 사람들도 전체의 일부처럼 보였다. 빵집 주인이 누군가와 인사를 나누는 것을 본 옆집 여자가 뒤를 돌았다. 여자와 그의 눈이 마주쳤다. 그는 고개를 숙였다. 옆집 여자와 대화를 나누어본 적이 없었다. 그는 옆집 여자가 언제부터 옆집에 살았는지 알지 못했다. 어느 날부터 그의 눈에 옆집 여자가 보이기 시작했고 점점 신경이 쓰였다. 옆집 여자도 그도 웃지 않았다. 옆집 여자는 빵집 구석 테이블에 앉았다. 테이블 위에는 아무것도 놓여 있지 않았다. 그것을 버리기로 결심했다. 파헤치지 마. 울고 싶지 않다. 한 손을 땅에 묻고, 나머지 손으로 묻은 손을 두드려. 묻은 한 손에 꼼짝없이 묶인 것은 한 손을 뺀 나머지 전부. 그가 빵을 고르고 있는 사이 여자가 자리에서 일어나 그의 옆을 지나쳐 갔다. 그는 옆집 여자를 보지 않았지만 정확히 앞만 보고 걸어가는 여자의 온몸이 자신에게 곤두서 있다고 느꼈다. 엎드려 있던 누렁이가 여자의 뒤를 따라갔다. 여자가 빵집을 나서면 누렁이는 일어섰고, 여자의 집까지 따라갔다가 돌아오는 것 같았다. 돌아오는 길에 집으로 가는 그와 마주쳤다. 아우, 아우. 호수의 호가 끝나는 지점에서 시작되는 좁은 길목에서 누렁이는 그를 향해 짖었다. 아우, 아우. 그는 빵을 사 들고 집으로 돌아가다가 어김없이 누렁이를 마주쳤다. 누렁이는 길목 끝 나무 아래 서 있었다. 그는 나무의 이름을 몰랐다. 나무가 거기 있다는 것을 잊고 있을 때가 더 많았다. 나무 위에 부리가 붉은 하얀 새가 앉아 있었다. 아우, 아우. 그에게 익숙한 일이었다. 이 동네에서 누렁이와 가장 자주 눈이 마주쳤다. 누렁이의 눈만은 피하지 않았다. 누렁이에게는 익숙하지 않나. 그가 보기에 누렁이는 꾸준히, 끈질기게 그에게 저항하는 것 같왔다. 누렁이는 의지를 가지고 아우, 아우. 그를 위협했다. 단둘이 있을 때만. 빵집에서 마주치면 누렁이는 그를 못 본 척했고 절대 소리 내 짖지 않았다. 길목에서 기다리고 있다가, 같은 시간에만 짖었다. 약해 보이는 사람만 문다. 그에게는 그런 기억이 있었다. 그는 압력을 느꼈다. 그는 누렁이와 똑같이 쏘아보다가 누렁이가 꼬리를 세우고 몇 번 더 짖어서 흰 산으로 고개를 돌렸다. 구름에 가려서 산은 보이지 않았다. 구름이 모였다 흩어지기를 하루에도 몇 번씩 반복했다. 산을 바라보거나 산이 있을 자리를 바라보고 있으면 다 괜찮다는 생각이 들었다. 산이 보이지 않을 때에도 그는 구름 속 봉우리의 위치를 정확히 그릴 수 있었다. 저기쯤. 흰 산을 생각하면 누렁이도 용서가 되었다. 그가 누렁이를 지나쳐 길목으로 접어들고 나면 누렁이도 더는 짖지 않았다. 그가 그의 집으로 들어가는 것을 보고 누렁이는 돌아섰다. 나무 울타리에 달려 있는 문을 미는 순간에 돌아보면 누렁이는 언제나 고개를 돌려 그를 바라보고 서 있었다. 경계의 눈빛. 그것을 버리기로 결심했다. 불가해한 것은 포획되지 않는다. 포획되지 않는 것은 위험하고, 위험한 것은 불쾌하다. 영혼은 바다에 던져진 그물인가. 그물이 던져진 바다인가. 피와 살, 피와 살. 그는 하루 종일 한마디도 하지 않을 때도 있었다. 그는 도망쳤다고 생각한 적이 없었다. 새벽에는 걸었다. 그는 자주 뒤를 돌아봤다. 누가 자신을 따라올 거라고 생각해서 그랬던 것은 아니었다. 누군가 감시할지도 모른다고 생각해서도 아니었다. 오랫동안 그렇게 해왔기 때문에 그렇게 했다. 옆집 여자의 시선을 빠르게 눈치챈 것도 그 때문이었다. 누렁이가 자신을 경계하는 것도 그가 주위를 계속 경계하기 때문인 것 같았다. 오랜 습관 때문. 그는 여자가 자신을 지켜보는 것을 알았고 처음에는 경계했지만 확신을 갖게 된 후로는 그 시선을 즐기기도 했다. 여자의 옅은 청회색 눈동자가 여자를 보고 있지 않을 때에도 계속 그를 따라다녔다. 세뇨라와 전혀 다른 여자. 저 문 너머로 방금 들어간 여자. 그는 정원을 가로지르며 집 안에 있을 여자를 떠올렸다. 나를 만나기 위해 매일 같은 시간에 빵을 사러 나오는 것이 아닌가. 여자와 빵집에서 네번째 마주쳤을 때 그는 확신했다.

그는 현관문을 열고 신발을 벗으면서 아직 닫혀 있는 세뇨라의 방문을 보았다. 초록색 페인트를 칠한, 이 집에서 유일하게 다른 색의 문이 그가 새벽에 집을 나설 때와 똑같이 닫혀 있었다. 그는 곧장 욕실로 가서 손을 닦고, 어제 물기를 꽉 짜서 말려둔 걸레를 들고 나왔다. 거실 창에 처진 커튼을 열고 창문으로 쏟아지는 빛을 받았다. 빛 속에서. 그는 잠깐 홀린 듯 정원 어딘가를 보고 있다가 걸레로 창을 닦기 시작했다. 창에는 먼지 하나 없었다. 빛 아래 잔디가 이따금 바람에 흔들렸다. 어제 아침에도, 일주일 전 아침에도 그는 같은 시간에 창을 닦았다. 창을 닦고 창틀을 닦고, 문을 닦고 거실 바닥을 닦았다. 어떤 장식물도 없는 거실을 가득 채우고 있는 4인용 흰 가죽 소파를 마지막으로 닦았다. 한 달에 한 번은 마른 수건에 기름을 짜서 가죽을 닦았다. 문지르는 것. 그건 그가 제일 잘하는 것 중 하나였다. 그는 반질하게 윤기가 날 때까지 문질렀다. 문지르는 동안 별생각이 없었다. 깨끗하게 문질러진 상태를 유지하는 것. 이물이 끼지 않도록 관리하는 것. 그런 것이 그에게 익숙했다. 포기하지 않고 끈질기게 문지르는 것. 창을 계속 문지르다 보면 창 위의 먼지가 아니라 창 자체를 잊게 되었다. 문지르는 행위의 반복. 그것을 멈출 수 없어서 그는 계속해서 붙잡고 문지를 것을 찾았다. 희열에 몸이 달아올랐다. 그것을 버리기로 결심했다. 그것이 있다면. 그것을 버릴 수 있다. 그것이 없다면. 그것을 잊을 수 있다. 버려야 잊을 수 있다. 계속해서 부재를 가리키는 것은 심연을 가리키는 것과 다르지 않다. 잊을 수 있는 용기. 망각도 능력이다. 세뇨라. 그는 세뇨라를 불러 깨우고, 정원에 내놓은 화분들에 물을 주었다. 사흘에 한 번, 일주일에 한 번, 열흘에 한 번. 종마다 물을 필요로 하는 주기가 달라서 매일 화분을 들여다보고 겉흙이 마르지 않았는지 살폈다. 그는 이 일에 얼마 전보다 많은 흥미를 느끼고 있었다. 옆집 여자가 옥상에서 그를 지켜보고 있었다. 그는 팔근육이 잘 보이는 반팔 티셔츠를 즐겨 입었다. 옆집 여자는 처음 나타난 날부터 그를 빤히 바라보았다. 시선이 느껴져 그가 고개를 들었을 때 옆집 옥상에 서 있는 여자가 보였다. 그는 아무것도 보지 못한 것처럼 고개를 숙였다. 옆집 여자는 혼자 사는 건가. 가족이 보이지 않는 것 같은데. 그는 세뇨라에게 묻고 싶었지만 관심을 갖는 것처럼 보일까 봐 옆집 여자에 대한 어떤 말도 꺼내지 않았다. 아우, 아우. 멀리서 짖는 개의 소리가 그에게 때로 욕으로 들렸다. 개는 짖고 그는 들었다. 어느 집 개가 짖는 것인지 그는 알지 못했다. 아우, 아우. 그건 멀리 있었고 그건 누렁이일 수도 있었다. 아우, 아우. 그는 개가 짖거나 닭이 우는 소리를 들으며 화분에 물을 주고, 고루 빛을 받을 수 있도록 화분의 위치를 바꾸어주었다. 앞줄에 있는 화분을 뒤로 보내고, 뒤에 있는 화분들을 앞쪽으로 옮겼다. 그는 배치에 능했다. 아우, 아우. 어디까지 빛이 닿을까. 맨 뒷줄에 있는 것들에는 빛이 충분히 닿지 않았다. 그늘이 내려앉는 속도가 달랐다. 새잎이 나오기 시작하는, 생장이 빠른 아이들을 눈여겨보았다. 앞으로 전진, 이동. 배치를 달리하는 것으로 충분히 원하는 속도를 얻을 수 있었다. 그는 무엇을 움직여야 무엇이 움직이는지 정확히 알았다. 화분의 위치를 섬세하게 조정했다. 그는 그가 돌보는 어떤 식물의 이름도 알지 못했다. 어제 맨 앞줄에 있던 다육이들은 제일 뒷줄로 물러났다. 잎이 크고 화려

한 화분들이 앞쪽으로 옮겨졌다. 빛을 흠뻑 받아 빛나는 잎들 뒤에 놓인 화분들은 눈에 띄지 않았다. 점의 위치가 달라지면 좌표는 이동한다. 아우, 아우. 개소리가 귀에 끈질기게 따라붙어서 그는 어디나 조금은 시끄럽다고 생각했다. 달라지는 것은 없다. 화분에 물을 주고, 볕을 고루 받을 수 있도록 매일 위치를 바꾸고, 달라진 화분들의 각도를 섬세하게 조정하고 나면 그는 침실로 들어가 잠이 덜 깬 세뇨라를 안았다. 아침을 먹기 전에. 침실 문을 닫으면. 멀리서 짖는 개의 소리는 으스러져 잘 들리지 않았다. 아침을 먹고, 낮잠을 자고, 산책을 하러 갈 계획을 하면서 그는 느긋하게 침대 위에서 몸을 움직였다.

호숫가에는 아무도 없었다. 처음부터 아무도 없었던 것은 아니고 그가 흰 산을 바라보고 있는 사이 오가던 사람들이 모두 보이지 않게 되었다. 그는 사람들이 사라지고 혼자가 된 것을 몰랐다. 오후 산책을 나올 때 보았던 옆집 여자를 생각했다. 여자는 옆집 옥상 위에 있었다. 그가 시선을 느끼고 위를 보았을 때도 여자는 시선을 피하지 않았다. 똑바로 그의 눈을 바라봤다. 거리가 있어서 여자의 눈동자가 보이지 않았는데도 그는 청회색 눈동자를 가까이에서 본 것 같았다. 사람을 기묘하게 끌어당기는 눈빛. 그는 눈을 뜨고 있었지만 모든 걸 보고 있지는 않았다. 호수 위에 떠 있던 배들도 보이지 않았다. 모두 돌아와서 정박했거나 더 멀리, 산이 겹쳐져 있어 그가 앉아 있는 곳에서는 보이지 않는 쪽까지 배를 몰아갔을 것이다. 그는 별생각이 없었다. 하늘에 사람들이 떠 있었다. 색색의 패러글라이더를 타고 낙하하는 사람들. 구름이 많지 않은 날이라 흰 산을 배경으로 뛰어내린 사람들의 모습이 더 선명하게 보였다. 그는 노란 패러글라이더를 눈으로 좇다가 흰 산으로 시선을 돌렸다. 산은 평소보다 더 하얗게 보였다. 그는 산을 오른 적이 없었다. 산으로 가는 행렬들, 그 사람들을 태우고 등산로의 초입으로 몰려가는 지프들을 볼 때에도 왜 사람들이 부지런히 산으로 가는지 궁금하지 않았다. 그것을 버리기로 결심했다. 구멍을 틀어막으면 구멍은 점점 더 커진다. 점점 더 큰 것으로 구멍을 막아야 한다. 구멍 주위를 남김없이 뚫어버리면 막을 구멍도 사라진다. 허공에서 구멍을 찾을 수 있는 사람은 없다. 산의 형상은 대부분 선명하게 보였고 오늘같이 맑은 날에는 가시거리가 길어서 산의 세부가 손으로 만져질 것 같았다. 그는 하루 종일 흰 산을 바라보고 있었지만 산을 바라보고 있었을 뿐 누가 그 시간에 끝없는 계단을 오르고 있는지, 한꺼번에 피어오른 꽃밭에서 길을 잃는지, 쉼 없이 쏟아지는 눈 속에서 누군가의 이름을 부르는지, 바닥을 알 수 없는 골짜기에서 메아리만 돌아오는지. 아무것도 알 수 없었다. 그가 보기에 산은 언제나 평화로웠고 조금 더 빛났다가 덜 빛났다가 조금 더 선명했다가 덜 선명했다가, 사라졌다가 나타났다가 할 뿐이었다. 그는 별생각 없이 호수의 수면을 바라보았다. 호수 속에도 고요하게. 흰 산이 있었다. 물결이 바람에 조금씩 일렁일 때면 수면의 흰 산도 물결 모양으로 흔들렸다. 흰 산과 흰 산을 떠받치고 있는 듯한 초록의 나무들. 구름 없는 하늘과 하늘 아래 사원이 호수 속에 있었다. 그는 습관대로 뒤를 돌았고 거기에 한 사람이 서 있는 것을 보았다. 처음 보는 사람이었다. 거리에는 늘 오가는 사람이 많았다. 누군가 떠나왔고 누군가 떠났다. 누군가 산으로 갔고 누군가 산에서 돌아왔다. 그 사람은 머뭇거리며 나무배 가까이로 다가섰다. 배 주변을 얼쩡거렸다. 보통 누군가 서성이면 어디선가 배 관리인이 나타나서 대여료를 받았다. 누구나 한 시간에 얼마라는 안내를 듣고 원하는 시간만큼의 비용을 지불하고 배를 탔다. 그도 몇 번 배를 탄 적이 있었다. 노를 10여 분쯤 열심히 저어 호수의 중앙으로 이동하고 나면 노를 배 안에 넣어두고 낮잠을 자기도 했다. 배 위에 있으면 물소리만 들렸다. 이따금 사원에서 종소리가 들렸고 그는 모든 것이 사라졌다고 생각했다. 모든 것은 사라진다. 모든 것은 지나갔고, 사라졌다. 그는 기억에서도 모든 것을 지웠다. 기억에도 남지 않은 시간은 처음부터 없던 시간이나 다름없었다. 그는 그가 기억하는 한 평생 전자시계를 차고 다녔다. 전자식 시계는 과거에 대해 생각하게 하지 않는다. 아날

로그시계의 끝없이 도는 시침과 분침만이 그 반복의 원을, 지침의 시간을 돌이키게 한다. 전자시계에는 지금, 여기가 있을 뿐이다. PM 4:27. 지금, 그를 유령이라 부르던 사람들은 이곳에 없었다. 그는 방향을 결정하는 사람이 아니었다. 그것을 버리기로 결심했다. 그것은 잘 버려져서 누군가의 생을 한 바퀴 돌 것이다. 돌이킬 수 없는 것은 돌이킬 수 없는 것이다. 자동적으로 움직이는 손. 모든 중독으로부터 자유로운 사람은 없다. 배 근처에서 계속 서성이던 사람이 그에게 가까이 다가왔다. 배를 타고 싶은데, 누구에게 말해야 하나요? 그는 양어깨를 으쓱했다. 그사이 먹구름이 몰려와서 하늘이 어둑해져 있었다. 날씨가 급변하는 동네였다. 비가 내리기 시작하면 무섭게 쏟아졌다. 질문을 했던 사람이 다시 물었다. 배를 꼭 타고 싶은데, 돈을 내야 하는 게 아닌지. 배 이용 방법을 아는지 물었다. 그는 그 사람의 눈을 보지 않고 호수와 그가 앉아 있는 잔디밭이 만나는 부분을 보고 있었다. 물이 미묘하게 밀려왔다가 밀려갔다. 물이 어둑해졌다. 다시 한번 어깨를 으쓱할 필요도 없었다. 그에게서 아무 대답이 없자 그 사람은 다시 배가 있는 쪽으로 갔다. 언제 왔는지 옆집 여자가 호수 건너편에 앉아 있었다. 멀리 있어서 선명히 보이지 않는데도 여자가 그를 보고 있는 것처럼 보였다. 그는 놀라지 않았다. 하늘에 떠 있는 사람은 없었다. 배들은 허술하게 묶여 있었다. 밧줄을 풀고 물

가로 밀기만 하면 바로 호수로 나아갈 수 있었다. 그는 그 사람이 곧 포기하고 돌아갈 것이라고 생각했다. 그 사람이 가장 바깥쪽에 묶여 있는 파란 배의 밧줄을 풀 때는 흥미롭게 지켜보았다. 자신이 그 모습을 흥미롭게 지켜보는 것을 여자가 지켜보고 있을 것을 알았다. 주인도 없는데 배를 타려는 것인가. 그 사람은 기둥에서 풀려난 배 위에 타더니 유유히 노를 저어 나아가기 시작했다. 조금 전에 그에게 와서 배를 타려면 어떻게 해야 하는지 묻던 사람의 태도라고 보기에는 자연스럽고 심지어 여유가 있어 보였다. 배는 호수를 향해 나아갔다. 그는 소리를 들었다. 그에게 닿기 전에 높은 나무들에 닿는 빗소리. 비가 한두 방울 떨어져 그의 이마에도 닿았다. 그는 자신이 눈으로 계속 그 배를 따라가고 있다는 것을 깨달았다. 그럴 이유가 없었다. 여자가 언제 돌아갔는지 호수 건너편에는 아무도 없었다. 그는 약간의 실망감을 느꼈고 자리에서 일어섰다. 눈앞이 분간되지 않을 정도로 갑자기 비가 쏟아졌다. 비를 맞으며 별 생각 없이 집으로 돌아왔다.

다음 날 아침, 밤사이 그쳤던 비가 또 요란하게 쏟아졌다. 아침에 비가 오는 것은 흔치 않은 일이었다. 거실 창 앞에 매트를 깔고 요가를 마친 세뇨라가 작은 단지를 손에 올리고 막대로 단지를 두드렸다. 작은 단지에서 사원에서 나는 종소리와 비슷한 소리가 울렸다. 세뇨라가 막대로 단지를 문지르자 소리가 점점 커져서, 단지의 주둥이를 막대가 한 바퀴 돌 때마다 커다란 원을 그리며 퍼져 나가는 소리의 형상을 볼 수 있을 것만 같았다. 보이지 않는 형상이 그를 사로잡았다. 그는 세뇨라가 이 단지를 두드리는 것을 좋아하지 않았다. 어린 시절에 들었던 옛날이야기 같은 것들. 말을 듣지 않으면 누군가 잡아간다는 이야기. 숲에 사는 요정들에 대한 이야기. 원한을 품은 유령들은 산 사람들 사이를 떠돈다는 이야기 같은. 끊임없이 돌아오는. 그는 그런 이야기를 들으면 잠을 설치는 아이였다. 불안도 적대도 알기 전이었다. 불안을 잠재우기 위해 적대만큼 용이한 게 없다는 걸 배우기 시작한 건 그로부터 한참 뒤였다. 그는 자신의 불안을 맡길 곳을 알게 되었고, 타인의 불안을 이용할 줄 알게 되었다. 원을 그리는 단지의 소리가 온 집을 울리고, 집 밖의 개들의 귀에 닿고 다시 돌아와 그의 마음에 파고드는 동안. 그는 세뇨라의 내려간 왼쪽 어깨를 보았다. 단지를 쥔 세뇨라의 왼손에 어떤 진동이 전해지고 있을 것이다. 소리를 만질 수 있는 그 순간을 세뇨라가 좋아한다는 것을 그는 알고 있었다. 그래서 그는 집을 나섰다. 빗속을 걸었다. 우의에 떨어지는 빗소리가 좋았다. 고개를 들어 옆집 옥상을 보았다. 옥상에는 아무도 없었다. 옆집 창에는 커튼이 처져 있었다. 그는 집 안에 있을 여자를 떠올렸다. 여자는 젖은 몸을 씻고 침대에 누위 있을 것이다. 여자는 가벼운 가운 같은 것을 몸에 두르고 있을 것이다. 여자는 나른한 잠에 빠져들고 있을 것이다. 그건 그가 좋아하는 모습이었다. 그는 몇 가지 상상을 했고, 호숫가에 다다랐다. 호수 위에 배가 떠 있었다. 여느 날처럼. 호수 위에 배가 떠 있지 않은 날은 없었다. 이렇게 비바람이 치는 날에도 배들은 한곳에 묶여 모여 있었고, 바람이 세차게 불면 서로 부딪혀 나무들이 달각거리는 소리를 냈다. 호수가 꽁꽁 어는 일은 없었다. 기온이 영하로 내려가는 일이 없는 동네였다. 골목 초입에서 본 빵집은 소란스러운 분위기였고 살짝 들떠 있는 것 같았다. 빵을 살 생각으로 나온 것은 아니었지만 그는 빵집 쪽으로 걸었다. 조금 떨어져서 빵집 안을 둘러보았다. 예상대로 옆집 여자는 보이지 않았다. 빵집 주인의 발아래에 누렁이가 엎드려 있는 것이 뒤늦게 보였다. 누렁이는 그를 보고도 모른 척했다. 눈이 한 번 마주친 뒤로는 눈길도 주지 않았다. 그는 빵집으로 들어섰다. 따뜻한 우유를 한 잔 주문하고 빵집 안쪽에 있는 테이블에 앉았다. 그가 등지고 앉은 다른 테이블에 있는 사람들이 나누는 대화가 들려왔다. 어젯밤 호수 위에 배가 떠 있었는데. 가만히 보니 배가 뒤집혀 있었다고. 모든 배의 바닥은 검게 칠해져 있고. 이 호수에 검은 배는 없다고. 뒤집힌 배를 보고 누군가 그렇게 말했다고 했다. 어둠 속에서도 뒤집힌 배의 검은 바닥은 선명했다고. 그렇지만 그 배를 타고 나가는 사람을 본 사람은 아무도 없다고. 배 주인은 그 배가 왜 거기에 있는지 영문을 몰랐다고. 하지만 배가 저절로 거기까지 떠내려갔을 리는 없다고. 그러니 누군가 그 배를 타고 나갔을 텐데. 아직 어떤 신고도 접수된 게 없다고. 정말 그 배가 거기까지 가는 것을 본 사람이 아무도 없다고. 그는 고개를 돌려 뒤를 보았다. 단지 오랜 습관 때문이었다. 우유를 천천히 마셨고, 빵 하나를 오래 뜯어 먹었다. 같은 이야기를 다른 사람들이 나누는 것을 세 번쯤 들었을 때 비가 그쳤다. 그는 자리에서 일어섰다. 별생각 없이 호수 쪽으로 걸었다.

  그는 어제 앉았던 자리와 같은 자리에 서서 흰 산을 찾았다. 산은 안개 속에 있어서 보이지 않았다. 저기쯤. 그는 자리에 앉아 산이 나타나기를 기다리기로 했다. 호수의 수면을 바라보았다. 물은 조금씩 흔들리며 물결을 만들어냈다. 그가 앉아 있는 잔디와 맞닿은 부분에서 물은 미묘하게 밀려오고 밀려갔다. 물은 어제보다 조금 더 탁해져 있었다. 그가 호숫가에 앉아 있는 동안 사람들이 그의 주위를 오갔다. 사람들이 오가며 같은 이야기를 했다. 그것을 버리기로 결심했다. 그것을 원한 적이 있었던가. "사물의 가치, 행위의 옳고 그름." 선을 지우면 선을 넘을 필요도 없다. 벗어나려면 버려야 한다. 있는 것과 없는 것이 크게 다르지 않다. 모든 선의가 선의로 도착하는 것은 아니다. 별생각 없이 앉아 있다 보면 시간이 빠르게 흘러갔다. 뒤집힌 배를 호숫가로 끌고 오는 데에는 오랜 시간이 걸리지 않았다고 했다. 뒤집힌 배까지 배 주인이 다른 배를 타고 갔고, 뒤집힌 배를 뒤집었고, 같이 간 사람이 뒤집은 배에 올라탔다. 멀지 않은 곳에 노가 떠 있었다. 배를 타고 나간 사람이 분명히 있었을 텐데. 사람들이 차례로 오가며 배 주인에게 그런 이야기들을 묻고 또 물었다. 그는 어제 봤던 사람을 잠깐 떠올렸다. 그 사람이 돌아오는 걸 본 기억은 없었지만 그 사람이 돌아오지 않았다고 확신할 만한 근거도 없었다. 배를 몰고 호수로 나가는 사람을 본 기억은 많았지만 그들이 돌아오는 순간을 본 기억은 거의 없었다. 그는 호숫가에서 대개 눈을 뜨고 있었지만 모든 것을 보고 있지는 않았다. 호수 건너편에 옆집 여자가 서 있는 것이 보였다. 아침에 집에서 나오며 상상했던 여자의 모습이 겹쳐 보여서 그는 빠르게 눈을 깜박였다. 여자는 눈을 떼지 않고 그를 바라보고 있는 것 같았다. 멀리에서도 눈이 마주친 기분이었다. 그는 여유를 되찾고 고개를 돌렸다. 안개가 걷히고 흰 산이 드러났다. 그가 옳았다. 흰 산의 꼭짓점은 그가 예상한 바로 그 위치에 있었다. 비가 쏟아진 직후의 일몰은 더 아름다웠다. 그는 주황빛으로 물들기 시작하는 흰 산을 홀린 듯 바라보았다. 10여 분 내로 해가 완전히 질 것이라는 사실이 아깝게 느껴졌다. 점점 더 붉게 물드는 흰 산을, 빛을 매초 다르게 반사하는 산의 면면을 숨죽이고 바라보았다. 지금 이 순간에도 자신을 바라보고 있을 여자를 생각하면 뿌듯했다. 호수의 수면에도 붉은 산이 있었다. 붉은 산이 물결 모양으로 흔들렸다. 그것을 버리기로 결심했다. 물은 아래에서 위로 흐르지 않는다. 이미 일어난 일은 이미 지나간 일. 어느 쪽이 어느 쪽으로 기우는가. 어떤 희망은 희생을 먹이로 먹고 자란다. 망각은 기억과 겨루지 않는다. 망각이 겨루는 대상은 기억하고자 하는 자의 의지다. 호수 건너편의 여자는 사라지고 없었다. 그는 사소한 패배감을 느꼈고, 자리에서 일어섰다. 완전히 어두워지기 전에 집에 도착하고 싶었다. 시간이 이렇게 흘렀다는 것에 새삼 놀랐다. 그는 일어선 순간 장에 이상이 생겼다는 것을 알았다. 먹은 것이 뭔가 잘못된 것이다. 아랫배가 부글거리고 한 발을 내딛기 어려웠다. 그는 빠른 걸음으로 돌아가고 싶었지만 다리가 빠르게 움직이지 않았다. 장이 내는 소리가 뚜렷하게 들렸다. 뭔가가 곧 쏟아져 나올 것 같았다. 무의식적으로 항문에 힘을 꽉 주었다. 그대로는 도저히 집까지 갈 자신이 없었다. 그가 서 있는 곳에서 집보다는 빵집이 가까웠다.

  빵집에서는 이제 저녁 빵이 나오고 있을 것이다. 그는 오직 싸고 싶다는 생각만 했다. 금방이라도 쌀 것 같았다. 온몸에서 진땀이 흘렀다. 몸이 차가워진다고 느꼈다. 그는 빵집을 향해 걸을 수 있는 한 최선을 다해 걸었다. 도무지 생각만큼 빠르게 움직이지 않는 다리를 부지런히 움직였다. 빵집 누렁이가 보이기 시작했다. 빵집이 있는 골목 초입에 못 보던 검은 개가 보였고 그 개의 똥구멍에 코를 박고 있는 누렁이가 보였다. 고소한 빵냄새가 났다. 몇 걸음만 더 가면 빵집이었다. 빵집의 입간판이 보였다. 입간판 위에 부리가 붉고 몸이 흰 새가 앉아 있었다. 어스름 속에서 새는 더 하얗게 보였다. 빵집에서 내놓은 의자에 옆집 여자가 앉아 있는 것이 보였다. 여자가 그를 바라보았다. 그 순간 그는 뭔가 단단히 잘못되었다고 생각했고, 다리에 뭔가 흐르는 것을 느꼈다. 뜨끈하고 걸쭉한 뭔가가 뒤쪽 허벅지에서 오금 쪽으로 흘러내리는 것을. 그는 멈춰 섰다. 믿을 수 없었다. 그의 괄약근은 움직인 적이 없었다. 그는 분명 항문에서 똥이 흘러 나가는 것을 허락한 적이 없었다. 구멍은 열려 있는 듯했다. 구멍에서 똥이 흘러내렸다. 누렁이와 검둥이가 그가 가는 방향으로 따라오고 있었는지 그를 지나쳐 가다가 멈춰 섰다. 그는 참을 수 없을 것 같은 급박함에서 벗어났다. 똥이 줄줄 흘렀다. 누렁이가 그가 있는 쪽으로 몸을 돌렸다. 누렁이와 눈이 마주쳤다. 누렁이는 짖지 않았다. 그는 누렁이가 웃는 것을 본 적이 없었다. 이미 흐르기 시작한 똥물이 허벅지를 타고 내려 그의 정강이 털을 적시고 곧 복사뼈에 도착할 것이다. 그는 빠르게 몸을 돌렸고 한 가지 생각만 하면서 앞으로 나아갔다. 두 다리는 이제 그의 뜻대로 움직여주었다. 그는 거의 뛰다시피 걸으면서 계속해서 똥이 흐르는 것을 느꼈다. 물

같은 똥이 그의 의지와 상관없이 계속 흘러서 그는 똥물이 바닥에 떨어지는 속도보다 빠르게 두 발을 움직여 땅에 발이 닿는 시간을 최소화하는 수밖에 없었다. 호수의 호가 끝나가는 것도, 어둠 속에 흰 새들이 앉아 있는 것도 보지 못했다. 오직 집에 빨리 도착하고 싶다는 마음 하나로 두 발을 열심히 움직였다. 그는 걸을 수 있는 가장 빠른 속도로 걸었다. 뛰면 더 많은 양의 똥이 흐를 것 같아서 뛸 수는 없었다. 옆집 여자의 집 앞을 지났다. 울타리 문을 밀고 들어가서 현관 앞에 섰다. 현관 앞에 서자 마음이 놓이고 정신이 돌아왔다. 똥은 흐르기를 멈추고, 정강이에서부터 빠르게 마르고 있었다.

번거로운 건 질색이다. 그는 아침부터 되뇌었다. 생각이든 행동이든 최소화하는 것. 경제적으로 움직이는 것. 그는 별생각 없이 그렇게 해왔다. 아침 일찍 세뇨라를 등산로의 입구까지 태워다주었다. 돌아오는 길에는 몇 번에 걸쳐 속도를 위반했다. 규정 속도는 그의 것이었다. 그가 매일 출퇴근하며 오갔던 길의 규정 속도를 그의 몸이 기억했다. 그는 오늘 그 속도를 넘어섰고, 빠르게 집으로 돌아왔다. 알 수 없는 흥분이 일었다. 그래서 그는 속으로 되뇌었다. 번거로운 건 질색이다. 번거로운 건 질색이다. 계속 되뇌면서도 그는 번거로운 일을 은근히 기대하고 있는 자신을 알아챘다. 그는 그가 왜 어젯밤부터 은

은한 홍분을 느끼고 있는지 알았다. 오늘 아침에는 산책도 하지 않았고, 빵집에도 들르지 않았고, 청소도 건너뛰었다. 세뇨라를 안지도 않았다. 모든 걸 빠르게 진행하고 싶었다. 세뇨라가 좀더 빨리 짐을 챙기고, 좀더 빨리 씻고, 좀더 빨리 집을 벗어나 산으로 가기를 바랐다. 세뇨라가 너무 오랜만에 등산을 간 탓이다. 세뇨라가 너무 오랜만에 집을 비운 탓이다. 지나치게 좁은 동네였다. 그의 집이 눈앞에 나타났을 때, 동시에 옆집이 눈에 들어왔을 때, 그는 클랙슨을 누르고 싶은 충동을 느꼈다. 차를 차고에 넣고, 옆집 여자의 집 쪽으로 걸었다. 여자의 집 창문에는 여전히 검정 커튼이 쳐져 있었다. 그는 여자가 집에 있는지 알 수 없었다. 해는 높이 떠 있었고, 흰 산은 구름 속에 가려 있었다. 그는 이 홍분이 가라앉지 않기를 바랐다. 호수 쪽으로 걷기 시작했다. 호수를 향해 몇 발 걸었을 때 뒤에서 개 짖는 소리가 들렸다. 그는 뒤를 돌아봤다. 검은 개가 그의 집 앞에서 길을 건너 멀리 달려가고 있는 것이 보였다. 그는 심장이 조금 전보다 더 빠르게 뛰는 것을 느꼈다. 여자가 언제 나왔는지 옥상에서 그를 내려다보고 있었다. 꾸준히 모아온 인상이 확신의 근거가 되어주었다. 그는 순간 여자의 시선이 유혹으로 보여서 유혹으로 느꼈다. 여자의 눈빛이 갑자기 그를 움켜쥔 것 같았다. 그는 갑옷의 아름다움을 떠올렸다. 빛나는 철제 갑옷의 단단함. 매끈한 어깨와 강조된 가슴. 정강이를 감싸는 날렵하고 견고한 두 개의 조각. 자신이 갑옷을 입고 전장을 헤매는 장면을 그는 여러 번 꿈꿨었다. 그의 칼끝에서 베어지는 적의 목. 펄떡이는 심장. 그는 여자가 뭔가에 감싸여 있는 사람 같다고 생각했다.

 그는 최대한 자연스럽게 고개를 숙였다. 방향을 돌려 집 쪽으로 걸었다. 옥상에서 자신을 보고 있는 여자의 시선을 충분히 느꼈다. 멀리서 닭이 울었다. 닭은 울고 싶을 때 울었다. 현관 앞에서 잠깐 망설이다가 옥외 계단을 오르기 시작했다. 흰 산이 거기 있었다. 그사이 구름은 걷혔고, 맑은 하늘에 산이 솟아 있었다. 여자의 집 옥상 난간에 커다란 하얀 새들이 앉아 있었다. 하얀 깃털과 붉은 부리가 빛났다. 옆집 여자가 옥상에 막 올라선 그를 바라봤다. 여자의 집 옥상은 그의 집 옥상에서 뛰어서 건널 수 있을 만큼 가까웠다. 여자가 그에게서 시선을 떼지 않고 바라보았다. 몇 번이나 그가 모른 척했던 시선이었다. 가까이, 눈빛을 읽을 수 있을 정도로 가까이에 여자가 있었다. 심장이 빠른 속도로 뛰었다. 그는 여자의 눈을 똑바로 바라보기가 힘들었다. 시선을 여자의 미간에 두었다. 그는 여자가 어떤 게임을 걸어오고 있다고 생각했다. 여자는 아무 말도 하지 않았지만 그는 이미 알아들었다. 그는 오른손을 천천히 들어 올렸다. 손바닥을 쫙 펼치지 않은 상태로. 손가락들은 손바닥 쪽으로 각기 다른 각도로 구부러져 있었고 손에는 아무 힘도 들어 있지 않은 것처럼 보였다. 한 번도 주먹을 쥐어본 적 없다는 듯 그의 손은 무방비하게 풀려서 들어 올려졌고 앞뒤로 까닥였다. 그것을 버리기로 결심했다. 무력한 꿈은 자해의 무기가 된다. 믿는 시늉이 믿음을 만들어낸다. 종이 달라지면 종의 가치도 달라진다. 인간에 대해 여전히 순진한 태도를 취하는 것은 기만적인 아웅이다. 그의 손은 조금 전보다 분명하게 한 번 더 앞뒤로 까닥였고 그건 이쪽으로 오라는 분명한 신호였다. 여자는 계속해서 그의 눈을 똑바로 바라보았다. 여자는 눈을 한 번도 깜빡이지 않았다. 그는 뭔가를 말해야 할 것 같았다. 그가 어떤 말이든 해보려고 입술을 달싹이는 사이 여자는 바로 뒤돌아섰고 계단 아래로 사라졌다.

해가 지고 완전히 어두워졌을 때 문을 두드리는 소리가 들렸다. 그는 잠들어 있었다. 하루 종일 기묘한 흥분이 지속됐기 때문에 그는 평소보다 빠르게 피로를 느꼈다. 잠에서 깬 그가 현관문을 열었다. 여자가 문 앞에 서 있었다. 그는 여자가 정말 자신을 찾아왔다는 사실을 믿을 수 없어서 문을 막고 서 있는 것도 잊었다. 여자는 문 앞에서 잠깐 말없이 그의 눈을 가만히 보았다. 그의 눈만을 똑바로 바라봤다. 그는 무슨 말이라도 하고 싶었는데 아무 말도 하지 못했다. 여자는 그를 피해 거실에 들어섰고 뒤를 돌아 그를 보았다. 어떻게. 그는 또 입술을 달

싹였는데, 말이 나오지는 않았다. 분명히 눈을 뜨고 있는데도 앞이 잘 보이지 않는 기분이었다. 눈을 몇 차례 깜박이자 여자가 초록 문 앞에 서 있는 것이 보였다. 여자가 문을 열었다. 여자는 방 안의 어둠 속으로 들어갔고 아무 소리도 내지 않았다. 그는 심장이 빠르게 뛰는 것을 느꼈다. 문을 향해 천천히 걸었고 방문 앞에 서서 방 안쪽에 있는 여자를 찾으려고 했지만 여자가 어디쯤 있는지 보이지 않았다. 그는 침을 삼켰고, 무엇에 이끌린 듯 방으로 들어섰다. 자연스러운 일처럼 여겨졌다. 그는 빠르게 뛰는 심장을 느끼며 스스로 방문을 닫았다. 여자는 어둠 속 침대 옆에 서 있었다. 여자가 계속 말없이 그를 바라보았다. 창으로 희미한 빛이 들어왔다. 청회색 눈동자만이 선명하게 보였다. 여자는 계속해서 말없이 그를 바라보기만 했다. 눈을 깜빡이지 않고, 눈을 돌리지 않고. 가차 없이 그의 눈만을 바라보았다. 버릴 수 있는 것은 차례로 버렸지만 버릴 것은 여전히 남아 있었다. 그는 순간 누군가 자신에게 이 여자를 보낸 것일지도 모른다고 생각했다. 누가 시켰지? 여자는 아무 말 없이 그를 바라보기만 했다. 숨소리도 나지 않았다. 당신 누구야? 그는 처음으로 누구냐고 물었다. 그가 누구의 이름을 궁금해한 적은 없었다. 그는 누군가의 삶에 대해서도 아는 바가 없었다. 누가 죽고, 누가 다치고, 누가 억울한지. 그런 얘기를 들을 때면 누구나 한 번은 죽고, 누구나 한 번은 다치고, 누구나 한 번은 억울할 수 있다고 생각했다. 위로와 공포가 그리 멀리 있지 않다는 것도 알았다. 너 누구야? 그는 처음으로 누구의 이름을 물었다. 여자는 여전히 말이 없었다. 여자는 말없이 그를 바라보기만 했다. 그가 분노를 참지 못하고 여자에게 가까이 다가갔다. 여자는 피하지 않았고 여자의 눈동자만이 그를 가만히 바라보았다. 여자를 끌어낼 생각으로 그는 여자의 멱살을 잡았다. 가만히 누워 있는 사람. 그가 여자의 멱살을 잡았다고 생각한 순간, 여자는 바닥에 누워 있었다. 가만히 누워 있는 사람. 여자는 계속해서 눈을 뜨고 있었고 그를 바라보는 것 같았지만 꼼짝도 하지 않았다. 그는 여자의 양어깨를 잡고 흔들었다. 곤란하다. 그는 제일 먼저 생각했다. 그에게 방아쇠를 당기거나 쇠 파이프를 휘두른 기억은 없었다. 누군가의 살에 칼을 꽂거나 사고를 가장해 누군가를 차로 밀어버린 적도 없었다. 누군가에게 욕을 퍼붓거나 누군가에게 주먹을 휘두른 기억도 없었다. 누군가를 죽이겠다는 생각을 해본 적도 없었다. 그는 그가 만났던 사람들의 얼굴을 차례로 떠올리려 애썼다. 아무도 떠오르지 않았다. 그가 기억하는 개인은 아무도 없었다. 그는 여자의 얼굴을, 눈을 부릅뜨고 있는 그 눈을 더는 보고 싶지 않았다. 집에서 당장 시신을 끌어내야겠다고 생각했다. 트렁크가 필요하다. 그는 방문을 열고 나와 거실 창 앞에 섰다. 커튼은 이미 쳐져 있었다. 커튼 사이로 눈을 내밀어 밖에 사람이 있는지 살폈다. 누군가 여자가 집으로 들어오는 것을 보지 않았을지 주변의 집들을 살폈다. 집들의 창마다 커튼이 쳐져 있었다. 그는 서둘러 작은방 벽장에서 가장 큰 트렁크를 꺼내 왔다. 이 도시로 이동할 때 짐을 담아 왔던 트렁크였다. 방문을 열었다. 여자가 누워 있던 자리에는 아무것도 없었다. 멀리서 개 짖는 소리가 들렸다. 아우, 아우. 그는 식은땀을 흘리며 잠에서 깨어났다. 그는 여자가 누워 있던 바닥에 누워 있었다. 그의 시절은 단 하나의 빛나는 가치로 흘러들었다. 모든 것은 사라졌고, 아무것도 사라지지 않았다. 가만히 누워 있는 사람. 가만히 누워 있는 사람. 그는 소리를 지르며 눈을 떴고 벌떡 일어나 앉았다. 집 밖으로 뛰쳐나갔다. 흰 산은 이미 하얗게 빛나고 있었다. 여자가 옥상에 서 있는 것이 보였다. 여자의 얼굴 뒤에 해가 떠 있어서 여자의 눈은 보이지 않았다. 부리가 붉고 몸이 하얀 새들이 여자의 집 옥상 난간에 나란히 앉아 있었다. 새들이 모두 그를 바라보았다. 그는 평소처럼 최대한 자연스럽게 고개를 숙였다.

 새벽에는 걸었다. 캄캄한 길을 걷다 보면 발소리에 집중하게 되었다. 오르막을 걸을 때보다 내리막을 걸을 때 발소리가 컸다. 개들도 발소리를 알아듣고 숨만 몰아쉬었다. 누렁이가 꼬리를 흔들며 따라왔다.

우리의 눈이 마주친다면

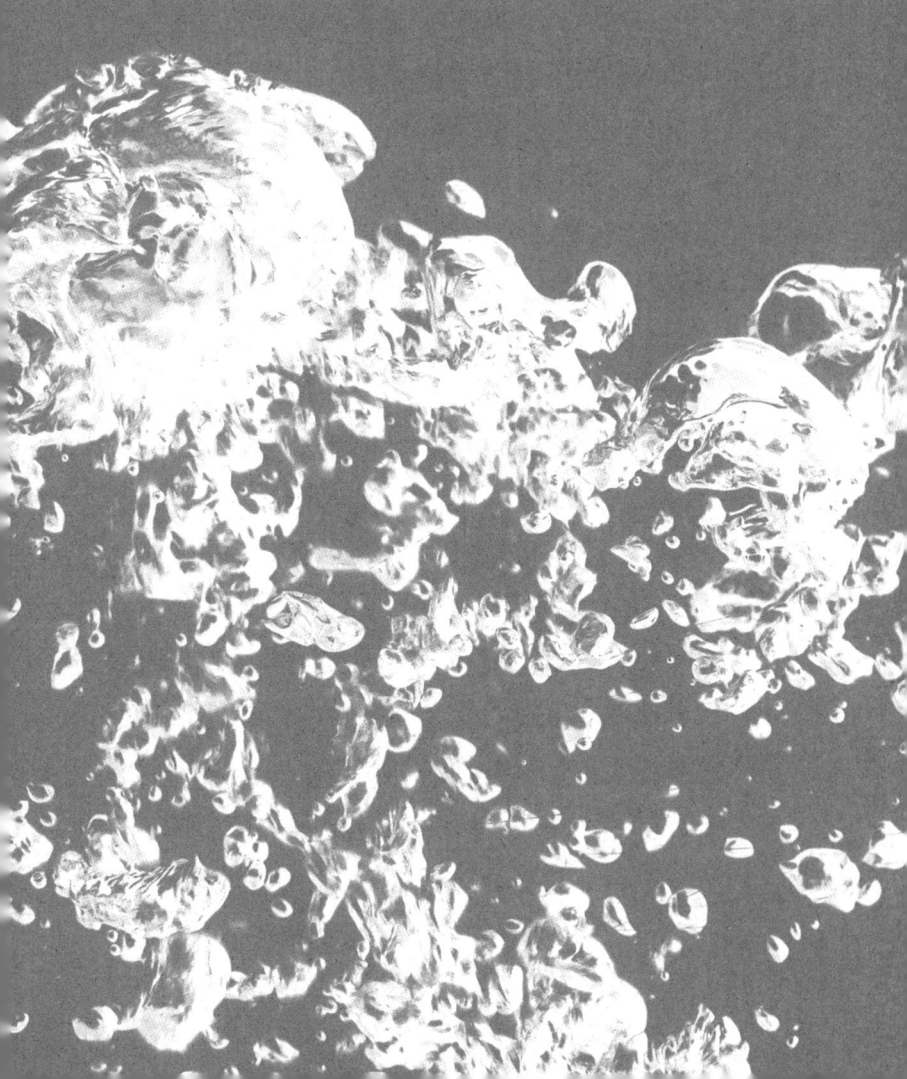

사막 한가운데서 맞았던 새벽을 기억해. 우리는 소금 사막 한가운데 있었고 하늘에는 하늘보다 별이 더 많았지. 우리가 두 발을 딛고 있는 땅을 제외한 모든 곳이 별이어서 우리는 꼭 우주 한가운데 떠 있는 거 같았어. 어둠보다 별이 더 많아. 내내 말이 없던 오빠가 겨우 입을 열어 말했던가. 오빠는 손가락으로 하나, 하나 별들을 이어가며 별자리 이름들을 알려주었어. 나는 오빠가 별자리에 대해 잘 알고 있다는 것에 놀랐지. 남반구의 별은 처음 본다면서 오빠는 추운 줄도 모르고 한참이나 사막 가운데 누워 있었어. 단단한 소금 바닥은 꽁꽁 언 얼음처럼 차가웠고 오빠는 그날 그 하늘에 압도된 거 같았다. 오빠를 제외한 우리 팀 일행은 우리가 거기까지 타고 온 지프에서 히터를 켜고도 덜덜 떨고 있었는데. 가이드가 오빠를 이제 그만 데리고 오라고 재촉할 때까지 오빠는 한참을 더 꼼짝 않고 누워 있었어. 그 차갑고 단단한 소금 바닥에. 끝없이 펼쳐진 새하얀 육각형들 위에. 오빠는 또 하나의 육각형처럼 가만히 누워서 별을 보았지. 그날 하늘에서 쏟아지던 별을 기억해. 코끝이 차갑게 어는 추운 날이면 어김없이 그날, 그 밤이 떠올라. 그리고 아주 따뜻한 외투가 필요하다는 생각이 들어. 나는 오늘 지웅이의 눈을 보면서 막연히 그 외투를 떠올렸던 거 같아. 오빠가 한 번도 가져보지 못한 외투. 만약 그 밤에. 오빠가 그 사막 한가운데 그렇게 오래 누워 있지 않았더라면.

오빠, 오빠. 그만 가자.

내가 오빠를 좀더 빨리 불렀더라면.

고영인, 우리 다 얼어 죽을 거 같아. 그러다 너 입 돌아간다.

내가 너를 조금 더 빨리 일으켜 세웠더라면.

나는 이상하게도 자꾸 그렇게 생각했다. 오빠가 그날 그 추운 밤에 별들을 너무 오래, 오래 바라보고 있었던 게 아무래도 자꾸 마음에 걸렸어.

오빠,

며칠 있으면 지웅이 생일이야. 벌써 열한번째 생일이니까 꼭 10년이구나. 며칠 전부터 거리마다 벚꽃이 눈처럼 날리기 시작했어. 지웅이가 꽃나무 아래를 달려가. 바람이 불고 꽃잎이 사방으로 흩날리는 동안 나는 잠깐, 우리가 함께 있는 거 같다고 느껴. 아주 환한 꿈속에 있는 거 같아. 이맘때면 오빠는 정말 꿈속에 있는 사람처럼 말하곤 했지. 오빠의 첫 데이트는 안양천이었어. 맞지? 이제야 말이지만 오빠가 절대로 알려주지 않는 그 친구가 너무 궁금해서 몰래 오빠를 따라갔었거든. 나, 오빠가 안양천을 따라 이어지는 벚꽃 터널로 그 애와 함께 걸어 들어가는 것을 보고 돌아섰었는데. 오빠랑 그 애는 어깨가 닿을 듯 말 듯 나란히 걸어서 흩날리는 꽃잎들 사이로 천천히 들어갔지. 바보. 나는 기껏 첫번째 데이트를 집 앞 산책로로 택한 오빠 때문에 웃음이 났어. 하루 종일 덩달아 설렜고 오빠가 어서 집에 돌아오기를 기다렸지. 오빠가 어떤 얼굴로 돌아올지 너무 궁금했거든. 나는 가방에 꽃잎을 묻혀 달고 돌아온 오빠에게 아무것도 모르는 척 물었어.

오늘 어땠어?

꿈속을 걷는 기분이었어.

오빠가 너무 행복해 보여서 나는 조금 질투가 났던 거 같아.

별로 예쁘지도 않더라.

심술을 부리고 싶었지만 꾹 참았지. 그 애는 우리 반이었는데 항상 조용한 아이였어. 조용하다는 거 말고는 특별히 떠오르는 특징도 없는 아이였지. 나는 사실 그 애랑 거의 얘기해본 적도 없었어. 오빠가 그런 조용한 여자를 좋아한다니. 나는 그때 배신감을 느꼈던 거 같아. 그 애는 나랑 너무 달랐거든. 오빠는 그 뒤로도 줄곧 나랑 전혀 다른 여자애들만 만났지. 첫 부임한 그 학교에서 만났던 그 윤리 선생님도 조용하지만 단단한 느낌을 주는 사람이었는데.

오빠,

그런데 오빠의 꿈속을 걷는 기분은 어떤 거였어? 사람마다 꿈속을 걷는 기분은 다를 텐데……그러고 보니 한 번도 오빠에게 물어본 적이 없는 거 같아. 하긴 언제나 질문을 하는 쪽은 오빠였지. 오빠가 궁금해할 거 같으니까 미리 말해줄게. 나는 철봉에 거꾸로 매달려 있을 때 꿈속에 있는 기분이었어. 토할 거 같은데 좋기도 했거든. 그런데 요즘은 철봉에 거꾸로 매달려 있지 않아도 자꾸 어딘가에 거꾸로 매달려 있는 기분이 들어. 오빠,

이제 나는 아무도 이렇게 부를 수가 없다.

고영인,

사실 난 너를 이렇게 제일 많이 불렀는데. 고영인.

나 며칠 전에 우리가 같이 다녔던 학교에 갔었다. 동문회관에서 우리 과 후배 하나가 결혼을 했거든. 학교 정문에서 인문대까지 이어지던 언덕은 여전하더라. 그 언덕에 있던 나무 기억해? 죽은 나무. 우리가 벼락 맞은 나무라고 했던 나무 말이

야. 오빠 그 나무 앞에 한참씩 서 있곤 했었잖아. 봄이 돼서 다른 나무들은 다 잎이 돋는데 저 나무는 외로워 보인다고. 나는 매번 오빠를 놀리곤 했지. 아무래도 우리의 감수성은 오빠에게 다 몰빵된 거 같다고. 1분 15초 먼저 나오면서 네가 가지고 나올 수 있는 건 다 먼저 가지고 나온 게 분명하다고. 그러지 않고서야 군대까지 다녀온 남자가 계속, 쭉, 그렇게 고집 있게 소녀 감성일 수가 없다고. 나는 오빠를 놀려먹곤 했어. 한없이 부드럽고 묵직해. 그 나무를 보면 그런 느낌이 들어. 그 나무 앞에 서 있으면 마음이 무슨 거대한 물 덩어리처럼 한쪽으로 가라앉는 게 느껴져. 한 번도 다치지 않은 것처럼 깊고 고요해. 오빠는 내가 놀리든 말든 눈앞에 그 나무가 있는 것처럼 말했어. 우리 과 애들이 그 나무 앞을 지나갈 때만이라도 제발 좀 참아줄래? 내가 말해도 너는 빙긋 웃고 그만이었지.

그런데 오빠, 몇 해 전부터 그 나무에 잎이 돋았다면 믿겠어? 마치 어린아이 머리털처럼 가늘고 여린 초록 잎들이 가지 끝에 달리기 시작했다면. 믿을 수 있겠어?

며칠 전 그날, 그 나무 아래 서 있는데 새 한 마리가 한참 동안 내 머리 위에 머물러 있었다. 멀리 가지도 않고 그렇다고 땅으로 내려오지도 않고 한참을 내 머리 위에, 여린 초록 잎들 위에 떠 있었어. 한없이 부드럽고 묵직해. 꼭 우리를 내려다보고 있는 거 같았지.

오빠, 나는.
멋지게 살고 싶었어.
유치하게. 오빠를 언제 만나도 나 멋지지? 자랑하고 싶었지.
우리 대학 진학 상담받을 때 교무실에 같이 있었잖아. 오빠는 오빠 담임이랑, 나는 내 담임이랑 이야기하고 있었어. 쌍둥이라 성적도 똑같냐면서 선생님들이 웃었지. 그때 우리 담임이 오빠에게 물었어. 너는 꿈이 뭐냐? 무슨 과 갈 거야? 오빠가 그때 또 그 해맑은 웃음을 웃으면서 말했지. 멋지게 살고 싶습니다. 우리 담임의 그 뜨악한 표정이란. 나는 그때 한창 체대 입시 학원에 다니고 있을 때라 오빠의 상담이 어떻게 마무리됐는지 듣지 못했어. 그날 밤에 내가 또 오빠를 놀렸지. 멋지게 살고 싶습니다. 초딩이냐? 멋지게 살고 싶습니다가 뭐야? 아우 쪽팔려. 오빠는 늘 그랬듯이 그냥 웃고는 너무 무리하지 마라, 그러더라. 엄마도, 아빠도 그런 오빠가 오빠라 다행이라고, 1분 15초밖에 차이가 안 나는데 어떻게 저렇게 다른지 모르겠다고 나를 향해 혀를 차셨지. 고영수. 저 녀석 이름을 사내 녀석처럼 지어서 그래. 아빠가 웃으셨어. 오빠도 방에서 엄마, 아빠의 대화를 들었겠지. 오빠도 아빠처럼 웃었겠지.

오빠는 지금 어디 있을까?

그해 봄이 지나고 여름이 지나고 또다시 봄이 지나도록. 나는 집에 가지 않았다. 엄마의 장례를 치르고서야 처음 오빠 방에 들어가보았어. 나는 몇 년 동안 세상에 지웅이밖에 없는 것처럼 살았지. 지웅이가 태어나고 얼마 지나지 않았을 때였으니까. 지웅이가 아직 목도 가누지 못할 때였을 거야. 나는 젖을 먹이고 기저귀를 갈고, 아이가 자다 깨기를 반복하는 걸 지켜보면서 꼬박 2년을 보냈어. 지웅이만 생각하면서 살았어. 필사적으로 지웅이한테 매달렸다. 지웅이가 울고 웃는 것만 지켜보았지. 지웅이를 따라 울고 웃었어. 세상에 아이와 나밖에 없는 것처럼. 지웅이가 내 온 우주인 것처럼. 그러다 처음 오빠 방에 들어가 앉은 거야. 방은 그대로더라. 엄마는 마지막 날 아침까지도 오빠의 책상을 닦았던 거 같아. 먼지 하나 없이 깨끗한 방이었어. 언제 새로 빨아 다림질을 해놓았는지 옷걸이에 오빠가 입던 셔츠들이 가지런히 걸려 있더라. 엄마의 우주는 텅 빈 채 계속되고 있었던 거야. 해가 뜨고 달이 지고 날이 바뀔 때마다, 엄마는 그 방의 문을 열고 바닥을 쓸고 걸레질을 하고 방문을 닫고 나왔겠지. 별이 모조리 사라진 우주 한가운데에서 절대로 끝나지 않을 것 같은 막막한 어둠 속에서 엄마는 매일 서성거렸을 거야. 오빠가 살아 돌아왔을 때 엄마가 얼마나 감사해했는지 기억해. 오빠가 살아 돌아온 걸 그렇게 끔찍하게 여기던 매 순간마다 엄마가 얼마나 온 마음으로 감사 기도를 드렸는지. 엄마는 오빠의 손을 붙잡고 절대로 놓지 않을 것 같았다. 정신을 잃은 오빠를 부둥켜안고 엄마는 오래 울었어. 그 방에 앉아 있자니 오빠가 금방이라도 돌아올 것 같더라. 엄마는 내내 여기서 오빠를 기다렸구나. 나는 울고 싶지 않았어. 나는 조금도 울고 싶지 않았다.

진짜 국어 선생님답다. 나는 괜히 혼잣말을 했지. 오빠가 바로 옆에서 나를 지켜보고 있기라도 한 것처럼. 책들이 얼마나 많은지 그 좁은 방에 사방이 책이었어. 오빠는 기어이 침대마저 밖으로 내놓았던 거 같더라. 나는 오빠의 책등을 손바닥으로 쓸어보았지. 오빠가 어떤 책들을 읽었는지. 이 중에 어떤 책들을 더 좋아했는지 나는 알지 못했어. 오빠가 있었다면 너, 이 책 다 읽긴 한 거야? 또 놀려먹었겠지만 오빠 너는 없었고 지웅이는 아빠 방에 잠들어 있었어. 책을 한 권 꺼냈는데 제목이 뭐였더라. 군데, 군데 밑줄이 그어져 있었어. <u>우리가 공작의 날개처럼 각자의 존재를 활짝 펼치고 서로를 향해 보여주려고 하는 것은 결국 서로에게 끝내 닿을 수 없는 마음이겠지. 어쩔 줄 몰라 하는 당신과 내가 같은 마음으로 이러지도 저러지도 못하는 시간.</u> 평소에 엄청 깔끔한 성격이어서 책도 그렇게 볼 줄 알았더니. 꺼내는 책마다 얼마나 많은 밑줄과 메모가 나오는지. <u>줄곧 화해와 자해를 반복했지만 조금도 나아지지</u>

않았다. 나는 그날부터 매일 지웅이를 어린이집에 보내놓고 오빠 방으로 출근했어. 라틴어로 when은 CUM(꿈)이고, I am은 SUM(숨)이라고 한다. 그때. 나는. 꿈이 단 한 번 내쉰 숨이다. 오빠의 메모들, 오빠가 밑줄 그어놓은 부분들을 따라 읽었지. 오빠는 무슨 생각으로 여기에 밑줄을 그었을까. 여기는 도무지 무슨 말인지 모르겠다. 주름은 내 몸과 당신의 시간이 나눈 필담이다. 당신과 내가 공평하게 나누어 가진 필사의 흔적. 이 메모는 조금 귀여워. 이건 조금 슬프구나, 하면서 오빠의 책들을 따라 읽었어. 어떤 시간들은 벽지에 수많은 흔적을 간직한 채 우리에게 돌아온다. 분명 어디서 본 듯한 낯익은 얼굴을 하고 있지만, 이름을 부르면 돌아보지 않는 사람처럼. 방 안에 물고기를 기르고 나무를 심고 구름에 안기고 싶은 이유는 누군가 그립기 때문이다. 아무 생각 없이 걷다가. 우두커니 앉아서, 멍한 얼굴로 창밖을 보다가. 마음이 없는 것처럼. 문득, 문득 오빠의 메모들이 떠올랐지. 그래. 오빠의 이메일함을 열어보겠다고 생각한 것도 그때가 처음이었다. 우리는 맨 처음 메일 주소를 만들 때 서로의 아이디를 비밀번호로 썼었지. 바보. 그 긴 세월 동안 한 번도 비밀번호를 안 바꿨더라. 새 편지가 3천 통이 넘었어. 대부분은 광고성 메일이나 스팸 메일이었고 오빠를 여전히 그리워하는 친구들이 보낸 메일이 더러 섞여 있었어. 그리고 나는 거기서 이상한 메일을 한 통 읽었다. 내 생각에 그 애는 오빠의 소식을 모르는 거 같았어. 며칠 뒤에 낭독회가 있는데 와줄 수 있는지. 오빠를 꼭 한번 다시 만나고 싶다는 메일이었지. 그 애였어. 오빠와 벚꽃 터널로 들어가던 그 조용한 여자애. 내가 어떻게 그 애 이름을 잊겠어?

낭독회는 내가 메일을 확인한 바로 그다음 날이었다. 나는 조금 늦게 도착했어. 혹시라도 그 애가 나를 알아볼까 봐 모자를 눌러쓰고 스카프로 얼굴 대부분을 가렸지. 그 애는 여전하더라. 어릴 때는 그게 무슨 느낌인지 몰랐는데. 그림자 같아어. 조용하고 희미하고 그렇지만 아주 담담해 보였어. 오빠도 들었을까? 그 애의 목소리는 낮고, 어딘지 마음을 건드리는 데가 있었는데. 어두운 조명 아래에서 그 애를 통해 천천히 흘러나오는 문장들이 발아래, 물처럼 고이는 거 같았다. 둘이 얼마나 오랫동안 연락을 하고 지내다가 소식이 끊긴 거였을까. 내가 알기로 그 애는 다른 나라에서 대학을 다녔고 오빠는 내내 다른 여자친구가 있었는데. 그 애가 낭독을 시작하기 전에 잠깐 어둠 속에 잠겨 있는 관객석 쪽을 돌아보았어. 오빠를 찾고 있었던 걸까? 나는 더 깊이 고개를 숙였지. 금방 그 애의 목소리가 들려왔다.

안녕하세요, 김선입니다.

밤에 자려고 누워 있으면 서늘한 기분이 들 때가 있어요. 이 방에 내가 아닌 누군가 함께 있는 느낌. 그 누군가는 처음에는 한 명, 내가 아는 사람이었다가 여러 명, 잘 모르는 사람들이 됩니다. 저는 그들이 놀라거나 사라질까 봐 불을 켜거나 몸을 일으키지는 않지만 어둠에 눈이 익숙해질 때까지 눈을 커다랗게 뜨고 허공을 바라봅니다. 거기에는 책상이나 의자가 없습니다. 쌓아놓은 책도 흘러내리는 스웨터도 없습니다. 저는 거기 없을지도 모르는 누군가를 생각합니다. 가만히 한참을 더 바라봅니다. 말을 건네볼까. 몇 번쯤 망설이다가 그만둡니다.

사라지는 동그라미들.

제가 살고 있는 지금, 여기. 제 시간과 공간의 둘레에 대해 생각합니다.

한없이 작고 허약한 동그라미들. 한없이 크고 굳센 동그라미들.

여기까지 말하고 그 애는 한참 동안 가만히 서 있었어. 너무 오랫동안 아무 소리도 나지 않았기 때문에 나는 고개를 들어 그 애의 얼굴을 바라보았지. 그 애는 눈을 감은 채 고개를 숙이고 있었어. 얼마의 침묵이 흘렀을까. 그 애가 원고를 읽기 시작했다.

*

7층 건물의 7층에 있는 피트니스였다.

나는 1년 가까이 매일 같은 시간에 운동했다.

피트니스 맞은편으로 아파트 단지가 있었고 그 단지 옆으로 야트막한 언덕이 있었다.

언덕에는 크고 작은 나무들이 심어져 있었고 산책로가 나 있었다.

봄에는 다양한 색깔의 꽃들이 피었다 졌다.

그 언덕에서 매일 같은 시간에 운동하는 여자가 보였다.

내가 러닝머신 위를 걷고 있는 바로 그 시간에 언덕에 있는 산책로를 걷고 있는 여자.

언제나 여자가 산책로를 걷는 모습이 보였다.

맨 처음 여자를 발견한 건 언제였을까.

여자가 흰색 티셔츠를 입고 있었다.

그다음 날은 위, 아래 검은색 옷을 입어서 저 여자가 어제의 그 여자가 아닌가, 의심하기도 했다.

여자는 거의 매일 같은 속도로 걸었다.

나는 여자의 걸음걸이를 한눈에 알아보게 되었다.

러닝머신에 올라서면 언제나 눈으로 제일 먼저 여자를 찾았다.

비가 오는 날에도, 먼지가 부옇게 시야를 가리는 날에도 여자는 같은 속도로 걸었다.

7층에서 내려다보고 있었기 때문에 여자의 얼굴이 잘 보이지 않았지만 그렇다고 점처럼 작게 보이는 것은 아니어서 여자가 그 여자라는 것은 쉽게 알아볼 수 있었다.

그렇게 계절이 바뀌었다.

한 번 더 계절이 바뀌었다.

여자 말고도 비슷한 시간에 산책로를 걷는 사람이 몇 있었다.

산책로가 아닌 아래쪽 인도를 따라 오가는 사람들이 보였다.

언덕 아래쪽 도로로 차들이 드문드문 달려갔다.

신호에 멈추어 섰다.

언제였을까.

비가 온 날은 아니었다.

눈이 온 것도 아니었고 그렇다고 하늘이 파랗게 맑은 날도 아니었다.

계절을 가늠하기 힘든 어떤 날이었을 것이다.

나는 언제나 그랬던 것처럼 러닝머신에 올랐고 시작 버튼을 눌렀고 눈으로 가장 먼저 여자를 찾았다.

검은색 운동복을 입은 여자가 보였다.

여자가 이쪽을 돌아보았던가.

여자와 눈이 마주쳤다.

그럴 리 없는데.

여자와 눈이 마주친 것이 분명했다.

여자는 한동안 나를 바라보고 있었다.

나는 러닝머신을 세웠다.

여자의 얼굴.

낯익은 여자의 얼굴.

나는 여자를 한눈에 알아보았다.

동그란 얼굴의 여자.

그것은 분명 나였다.

바로 그때. 그때, 문득.

문득, 바다가.

너무 익숙하게도 머릿속에 들어와 있는 것이 아닌가. 생각이 무리 지어 파도처럼 몰려왔다, 밀려갔다. 나는 이런 흔한 비유를 하고 있는 것이 아니다. 진짜 바다가. 짜디짜고, 거칠고, 변덕스러운 바다가. 끝도 없고, 끝이 없어서, 끝없이 슬픈 사람들을 끌어당기는 바다가. 바로 그 깊고 푸른 바다가 머릿속에 들어와 있었다. 갑자기 머리가 너무 무거워져서 나는 목을 가누기 힘들었는데…… 머리를 어딘가에 내려놓으면 금방이라도 바닷물이 쏟아져 내릴 것만 같아서 어쩔 줄 몰라 하고 있었다. 자꾸 귓구멍에 손가락을 넣어보았다. 머릿속에서 바다가, 파도가 쉬지 않고 출렁거려서 아무 소리도 들리지 않았다. 피트니스에는 언제나 요란한 음악이 커다랗게 틀어져 있었는데. 이제 이 바다를 어쩌면 좋단 말인가. 앞이 잘 보이지 않는 것 같았다. 양손으로 두 눈두덩을 문질러보았지만 눈앞이 선명해진 것 같진 않았다. 나는 눈을 감고 운동기구에 머리를 살며시 기대보았다. 머리가 무거워졌다고 느껴지는 건 그저 기분 탓이다. 바다에 대한 생각으로부터 달아나고 있을 때, 탈의실이 있는 6층으로 내려가는 계단에 발을 막 내디뎠을 때, 바다가 한쪽으로 기울면서 갑자기 멀미가 날 것 같았다. 다행히 바닷물이 새어 나오지는 않았지만.

그때는 막막한 게 뭔지 모른 채 막막했어.

막막한 게 뭔지도 모르면서. 그래도 살아져서 그냥 살았지.

그건 그렇고. 그래서 너는 어떻게 할 건지 결정했어?

그게 내가 결정한다고 결정되는 문제인가? 정말 그렇게 생각해?

탈의실에서 여자 둘이 머리를 말리고 있었다. 몸에 아무것도 걸치지 않은 채 머리를 말리면서 각자 거울 속에 들어 있는 자신을 향해 이런 말들을 하고 있었다. 저 여자들은 몇 살쯤 된 걸까. 대체 왜 벌거벗고 머리를 말리는 걸까. 머리를 말리면서 왜 저런 이야기들을 아무렇지도 않게 하는 걸까. 평소라면 이렇게 생각했겠지만 그 여자들도 내가 보이지 않는 것처럼 계속 이야기를 이어나갔고 나 역시 눈앞의 그 여자들보다는 머릿속 바다가 큰 문제였으므로 조용히 신발을 챙겨 들고 나왔다.

차르르르, 차르르르
차르르르차르르르
그런데 이 바다는 어디에서 갑자기. 이 바다가 왜 갑자기. 이 바다를 어쩌라고 갑자기.

나는 집으로 돌아오는 길에 몇 번의 구역질을 하고 수백 번의 파도를 견뎠다. 한 발, 한 발 내딛을 때마다 무자비하게 모든 것을 집어삼킬 것 같은 파도 속에서. 무턱대고. 걸었다. 걸으면서 한참을 열받아 있다가 깨달았다.

아, 뇌가 뜨거워지면 안 되는데.

그렇게 생각하는 동안에 하품이 나왔다. 뇌가 너무 뜨거워져서 계속 하품이 나왔다. 연거푸 하품을 한 탓인지, 머릿속의 바다 때문인지 눈물이 핑 돌았다. 눈물이 핑 도는 와중에도 하품이 나왔다. 하품을 해서 식을 뇌라면 좋았겠지만.

뇌가 뜨거워지면 바다가 끓을 거고, 그럼 어떻게 되는 거지.

나는 바다가 끓어 넘치는 상상을 하다가 그만 고개를 너무 세게 저어버렸다.

출렁, 묵직한 두통과 현기증이 동시에 일었다. 머릿속이 얼얼했고 계속 배에 타고 있는 것처럼 멀미가 가라앉질 않았다.

오늘은 그만 생각하고 자는 게 좋겠어.

엘리베이터에서 내리면서 나는 바다를 잊을 수 있는 방법은 잠드는 것밖에 없다는 결론에 도달했다. 현관문 비밀번호를 누르는 동안에라도 금방, 바닷물이 흘러나올 것 같아서 두근거렸다. 복도에 바닷물을 쏟고 싶진 않았다. 현관문 앞에 가방을 내려놓고 곧장 침실로 들어갔다. 가만가만 걸었다. 평소처럼 눕지 못하고 일단 침대 가장자리에 걸터앉았다. 집에 사람이 있었다면 도움을 청하고 싶었지만 나는 혼자였다.

나는 우선 두 다리를 침대 위에 올려놓았다. 최대한 몸을 둥글게 말고 옆으로 몸을 내려놓듯이 조심했지만 무거울 대로 무거워진 머리가 먼저 퉁, 침대에 닿고 말았다. 다행히 어느 구멍으로도 바닷물은 새어 나오지 않았다.

자는 동안 바다가 끓어오르면 안 되는데.

한참 바다 걱정을 하느라 전에 무슨 생각을 하고 있었는지 기억이 나지 않았다. 바다가 머릿속에 들어오기 전에 나는 도대체 무슨 생각을 하면서 살았던 걸까.

그때는 이런 생각도 하지 않았다.

바다가. 이 바다가.

이 무거운 바다를.

계속 바다만 떠올랐다.

바다, 바다, 하다 자서인지 꿈에서도 바다를 보았다.

한 번도 가보지 못한 바다.

한 번도 본 적 없는 바다였는데 한눈에 보아도 바다가 끓고 있는 것 같았다. 가까이 가보니 바다가 부글부글 끓어서 파도 위로 김이 자욱하게 피어오르고 있었다.

이건 세상의 모든 바다인데.

나는 그 낯선 바다가 세상의 모든 바다라는 것을 깨달았다.

세상의 모든 바다가 동시에 끓기 시작했다.

무섭게 끓어오르던 바닷물이 증발하기 시작했다.

커다란 물방울들이 하늘로, 하늘로 올라가는 것이 보였다.

나는 혹시라도 화상을 입을까 봐 뒤로 물러섰다. 파도가 밀려왔다가 밀려갈 때마다 더운 김이 모래사장 끝까지 몰려왔다.

이 바다를. 아, 이 바다를.

나는 꿈에서도 계속,

바다. 이 바다.

바다에 대해 생각했다.

얼마나 한자리에 서 있었을까.

바다가. 모든 바다가.

사라지고 없었다.

꿈에서 깨기 직전에 내가 본 것은 온통 새하얀 땅.

끝없이 펼쳐진 소금 사막이었다.

햇빛을 받아 눈부시게 반짝거리는 소금 알갱이들.

하얗고, 하얗고, 그저 하얀 땅.

헛구역질이 올라와서 눈을 떴는데 바다를 잊고 몸을 벌떡 일으키는 바람에 머릿속에서 뭔가가 크게 요동쳤다.

출렁.

위액까지 다 토해내고 변기에 앉아 머릿속에 가만히 귀를 기울였다.

차르르르, 차르르르 파도가 밀려가는 소리였다.

바다다.

비유는 중요해.

바다라니. 머릿속에 바다라니. 무슨 정신병에 대한 이야기야? 내가 이 바다에 대해 이야기했을 때 누군가 물었는데. 바다가, 진짜 바다가, 사나운 바다가, 깊고 깊은 바다가 머릿속에 들어왔다는 걸 어떻게 이해시킬 수 있지? 어떤 비유를 사용해서 이 바다를 넘을 수 있는 걸까.

누군가 그리울 때 마음은 먼바다. 저 멀리 수평선.

내 마음에 내가 도무지 닿을 수 없다.

이런 허망한 비유라면 가능하겠지만. 바다가 머릿속에 들어왔다. 이건 전혀 비유가 아닌 이야기. 다들 이렇게 넘어지는 기분으로 서 있는 거였군요.

다른 시간으로부터.
출렁, 또 한 번 바다가 한쪽으로 쏠릴 때.

차르르르, 차르르르
파도가 밀려오는 소리를 들으며 나는 짐을 챙기기 시작했다.

*

그 낭독을 끝까지 듣지는 못했어. 나는 거의 뛰쳐나오다시피 그 어둠 속을 빠져나왔다. 어느 절 앞에선가 오빠와 함께 보았던 소원 탑들을 떠올렸지. 크고 작은 동그라미들. 아까시, 이팝, 물오리. 은사시, 팥배, 생강. 집 뒷산에서 마주치곤 했던 나무들의 이름을 떠올리려고 노력했어. 네가 알려주곤 했던 나무 이름들. 아까시, 이팝, 물오리. 눈향, 팥배, 생강. 은사시. 은사시. 너는.

기어이 너는.

기어이.

나는 계속 혼잣말을 하면서 집으로 돌아왔다. 다시는 오빠 방에 가지 않겠다고 결심했지. 운전하는 내내 눈앞이 뿌옇게 흐려서 앞이 잘 보이지 않았다.

(하나의 시간이 열리고 또 하나의 시간이 나를 끌어당기고
하나의 시간이 압도해오고
하나의 시간이 점처럼 사라지고
하나의 시간이 빛으로 번지고
하나의 시간이 펼쳐지고 접히고
수만 개의 창이 되고
다가오고 멀어지고 열리고 닫히는)

아빠와 함께 살기 시작한 건 그러고도 몇 년 뒤야. 아빠는 한참 고집을 부리셨지. 김 서방에게 미안하다고, 서로 불편한 일이라고, 안 된다고 하셨지만 아빠가 엄마와 함께 견딘 그 3년의 시간을 놓지 못하신다는 걸 너무 잘 알고 있었어. 지웅이 아빠가 중국 지사로 나가면서 내가 집에 지웅이랑 둘이만 있기 무섭다고 얼마나 졸랐는지. 결국 아빠가 간단한 짐만 챙겨서 우리 집으로 들어오셨다.

오빠, 기억나?

뭔가 재미있는 걸 알게 되면, 물론 그게 오빠한테만 재미있는 거였다는 건 알고 있지? 오빠는 꼭 나한테 질문을 하곤 했어. 무슨 수수께끼 놀이라도 하는 것처럼.

한 번은 나한테 물었지.

'생각하다'가 동사게? 형용사게?

나는 그때 한창 몸만들기에 심취해 있을 때라 아마 스쿼트 운동 중이었을 거야. 내가 허리에 잔뜩 힘을 주고 헉헉거리며 앉았다, 일어났다 하는데 오빠가 물었어.

꺼져.

내가 그랬지.

그럼 '믿다'는?

꺼지라고.

그럼 '사랑하다'는?

야!

나는 스쿼트를 그만두고 오빠를 발로 차버렸지. 기억나?

그때 오빠가 오빠 방으로 도망치면서 그랬어. 이 흔하디흔한 세 가지 단어가 사람의 인생을 바꾼다고. 그러므로 물론, 셋 다 동사라고.

안 물어봤다고.

내가 언제 궁금하다고 했냐고. 나는 너한테 고래고래 소리를 질렀지.

그런데 오빠를 똑 닮은 지웅이가 꼭 어린 시절 오빠처럼 나한테 이것, 저것 질문을 해. 정말 몰라서 물어보는 것도 많지만 꼭 오빠처럼 퀴즈를 내듯이 물어보는 거야. 그렇다고 오빠한테 했던 것처럼 지웅이를 발로 찰 수는 없잖아. 나는 언제나 열심히 대답하지. 그때마다 오빠를 약 올리던 게 생각이 나. 한 번이라도 궁금해해줄걸. 지금 이렇게 내내 궁금할 줄 알았으면 그때 더 많이 궁금해할걸. 너에게 장난을 걸고 싶다. 나는 하루에도 몇 번씩 생각해. 아니, 사실은 하루 종일 한 번도 네 생각을 하지 않는 날이 더 많은데.

오늘 오후에 학교에 다녀온 지웅이가 물었어.
엄마, 우리나라 헌법이 지향하는 최고의 가치가 뭐게요?
나는 멍한 표정으로 식탁 모서리를 바라보고 있었지. 모르긴 몰라도 아버지는 베란다에 계셨던 거 같아. 요즘 군자란에 꽃들이 활짝 피어서 아버지는 한참씩 베란다에 나가 서 계시곤 했거든. 다른 짐들은 다 예전 그 집에 그대로인데 화분들만 하나둘 가지고 와서 지금은 우리 집 베란다가 예전에 우리가 같이 살던 그 집 베란다를 그대로 옮겨놓은 모습이야. 오빠가 그 윤리 선생님에게 첫 선물로 받아 왔던 선인장 기억나? 그

선인장이 지금 얼마나 많은 새끼를 쳤는지, 아마 오빠도 보면 깜짝 놀랄걸.

엄마,

엄마.

지웅이가 내 어깨를 흔들어서 그때서야 나는 지웅이가 나한테 뭔가 말하고 있다는 걸 알았어.

오늘 사회 시간에 헌법에 대해 배웠어요.

그랬구나.

지웅이는 정말 나보다, 김 서방보다 여러 면에서 오빠를 더 많이 닮았어. 살갑고 다정해서 학교에 다녀오면 그날 있었던 일, 그날 배운 것들을 묻지 않아도 한참씩 이야기해주곤 해.

엄마도 우리나라 헌법이 지향하는 최고의 가치가 뭔지 알아요?

지웅이가 묻더라.

오빠라면 잘 대답해줬겠지. 나는 사실 고민도 해보지 않고 말했어.

몰라.

지웅이가 자랑스럽게 말해주더라.

인간의 존엄과 가치.

나는 그 말이 너무 낯설게 느껴져서 지웅이에게 되물었어.

뭐라고?

인간의 존엄과 가치. 지웅이가 제법 엄숙하고 진지하게 말했어.

슬픈 말이구나.

내가 그랬대. 나는 그렇게 말해놓고도 몰랐지. 지웅이가 뭐가 슬픈 말이냐고 물어서 그때서야 내가 그렇게 말한 걸 알았어.

그런데 엄마 존엄이 뭐예요?

지웅이가 묻더라. 지웅이는 정말 꼭 오빠 같아. 이해가 될 때까지 열 번이고 스무 번이고 왜냐고 묻지. 그건 왜 그래? 그건 뭐야? 지웅이가 지금보다 더 어렸을 땐 지웅이의 질문에 대답하다 보면 하루가 다 가고 그랬어.

인터넷에 찾아봤는데 무슨 말인지 더 모르겠어.

지웅이가 정말 모르겠다는 얼굴로 나를 바라보더라.

오빠, 나는 그때 왜 오빠를 떠올렸는지 모르겠다. 지웅이에게 아무 말도 해줄 수가 없어서였을까. 오빠라면 좋은 대답을 해주었을 텐데. 오빠는 좋은 선생님이었으니까.

엄마, 그게 뭔지 몰라도 그건 인간 스스로 완성해가야 하는 거래요.

그래서 나도 나 스스로 완성해가고 싶은데.

그런데 나는 또 그게 뭔지 모르니까.

오빠, 나는 끝까지 지웅이에게 아무 말도 하지 못했어.

그리고 도망치듯이 여기에 왔다.

오빠 방은 여전해. 나는 아버지가 하루에도 몇 시간씩 이 집에 와 계신다는 걸 알아. 아버지가 이 집을 매일 쓸고 닦는다는 것도 알아. 아버지와 나는 서로 다른 시간에 몰래 여길 다녀가지. 우리는 한 번도 여기에서 마주치지 않아. 이 집에 감도는 향초의 향으로 아버지가 오래 머물다 가셨다는 걸 어렴풋이 느낄 수 있어. 초는 보이지 않지만 아버지가 오빠 방에, 엄마가 자주 앉아 있던 식탁 의자에 한참씩 머문다는 걸 느낄 수 있다. 그런데 그곳에서도 시간이 갈까? 그곳에도 시간이라는 게 있을까?

엄마, 인간이라는 말은 모든 사람을 포함하는 거죠? 살아 있는 사람들과 살았던 사람들 모두요?

내가 지금까지 완성하려고 노력해보았던 건 찰흙 놀이, 종이접기, 그림 그리기. 그런 것들이었어. 그런데 사실 그것들도 얼마만큼이 완성된 것인지는 모르겠어요.

내가 아무 대답 없이 일어서는데 지웅이가 혼잣말처럼 이렇게 말했어. 그리고 다시 묻더라.

엄마, 내가 모두의 존엄을 완성하기 위해 무엇을 할 수 있어요?

오빠,

나는 여전히 아무 대답도 할 수 없었다.

오빠의 얼굴이 계속 아른거려서 그대로 서 있을 수가 없었어.

엄마, 얼굴이 왜 그래요?

지웅이가 물었어.

엄마 얼굴이 어떤데?

숲속에 혼자 있는 나무 같아.

그렇게 말하는 지웅이 얼굴이 꼭 울 것 같았지.

그래서 나는 도망치듯이 집을 빠져나올 수밖에 없었다.

그런데 오빠, 그거 알아? 궁금하다는 말 속에 마음이 안타깝다는 뜻이 들어 있는 거. 궁금하다는 건 알고 싶어서 마음이 안타까운 거라는 거. 사실 이것도 언젠가 지웅이에게 들은 말인데. 오빠는 지금쯤 어디 있을까. 아이들은 모두 만났을까. 그 윤리 선생님과 함께 있다면 좋겠는데. 엄마는 무사히 도착했을까.

그 봄이 지나고 오빠는 예전과 같은 게 아무것도 없었어. 아니, 그 봄은 영영 떠나보낼 수 없는 봄이었지. 오빠는 그사이 학교를 그만두었고 머리를 짧게 깎았고 며칠씩 집에 돌아오지 않았다. 어딜 그렇게 다니는지 알 수 없다고, 오빠가 무슨 정신으로 사는지 알 수 없다고. 엄마가 매일 전화를 걸어 내게 오빠 이야기를 했어. 허깨비가 따로 없다고. 저건 죽은 거지, 산 게 아니라고. 저러다가 네 오빠 죽는다고. 엄마가 입버릇처럼 그렇게 말했어. 나는 그 시간 동안의 오빠를 몰라. 오빠를 만나고 싶지 않았어. 오빠를 만나는 게 두려웠다. 오빠가 매일 밤 악몽에 시달린다는 걸 알고 있었는데. 네가 자다가도 몇 번씩 숨이 막혀 비명을 지르며 깨어난다는 걸 알고 있었는데. 나는 너를 만나는 게 너무 두려웠어. 길을 지나다 오빠를 만나게 될까 봐, 뉴스를 보다가 오빠의 얼굴을 보게 될까 봐. 나는 눈을 똑바로 뜨는 게 두려웠어. 오빠의 고통스러운 눈을 마주 보는 게 너무 무서웠다. 오빠,

얼마나 많은 사람이 절망하지 않기 위해 희망을 포기하는 걸까.
얼마나 많은 사람이 매 순간 온 힘을 다해 희망으로부터 달아나는 걸까.
냉담한 척, 고개를 돌리고, 이를 악물고, 눈을 꼭 감은 채.

왜 자꾸 사람을 그리워하는 걸까.

오빠가 어느 책 귀퉁이엔가 해놓은 메모를 보았다.

너는 언제 이런 생각들을 했던 걸까.

오빠,

나는.

*

뜨거운 우유를 참고 있는 컵.

아빠의 발냄새를 참고 있는 양말.

물방울을 참고 있는 앞치마.

무릎을 참는 할아버지.

담배를 참는 아빠.

게임을 참는 나.

매일매일 참는 엄마.

오늘 눈물이 고인 엄마의 눈을 보았다.

엄마가 울음을 참고 있었다.

"반짝반짝 작은 별 아름답게 비치네."

엄마한테 자장가를 불러주고 싶다.

*

오빠,

나는.

지금 잠든 지웅이의 일기를 훔쳐보고 있어. 지웅이 일기는 꼭 오빠가 쓰던 일기 같아. 오빠가 쓰는 일기가 꼭 이랬는데. 나를 울리고, 웃기고. 생각에 빠뜨리고. 나는 그래서 오빠가 나중에라도 글을 쓰려나, 생각했었어. 선생님이 되지 않았더라면 좋았을 텐데. 오빠를 원망하면서 나 가끔 이런 생각도 했었다. 야, 멋지게 살고 싶다며? 시시하게. 내가 오빠 국어국문학과 지원한 거 알고 오빠한테 그랬지. 국문과 나와서 뭐 하게? 굶기밖에 더 하냐? 내 말에 오빠가 그랬어. 선생님이 될 거라고. 우리가 우리라는 걸 아이들과 함께 느끼며 살고 싶다고. 네가 그랬어. 지금, 여기가 역사의 일부가 되리라 생각하며 사는 사람이 얼마나 될까. 근사한 역사를 아이들 가까이에서 아이들과 함께 살고 싶다고. 나는 그때도 콧방귀만 뀌었지. 멋지긴 개뿔. 함께? 함께 같은 소리 한다.

그런데 오빠 너, 내가 매일 오빠 일기장 훔쳐보는 거 알고 있었지?

나한테는 이렇게 온통 너에 대한 기억밖에 없는데.
너는 나한테 그냥 나였는데. 어떻게 네가.
나는 내내 너를 원망했었어.

그런데 이렇게 매일 오빠만 따라다니던 내가.
매일 너만 놀려먹던 내가.
그런데도 그 긴 시간 동안 너를 혼자 내버려두었던 내가.
존엄에 대해. 한 번도 진지하게 생각해본 적 없는 그것에 대해.
지웅이에게 무슨 말을 할 수 있을까.

오빠라면. 오빠가 있었다면.

우리에게는 공동의 빛이 있어. 우리가 가지고 있는 빛은 우리가 태어나기 아주 오래전에, 아주 오래전부터 여기 살고, 죽고, 살고, 죽고, 살고, 죽어간 모든 사람의 눈빛이 담긴 빛이야. 그 모든 눈빛을 기억하는 빛이야. 푸른빛이 감도는 모닥불. 그 주위에 가득한 어둠. 어둠 속에 있는 수많은 사람의 눈동자. 영원히 감긴 눈에 마지막까지 남아 있던 눈빛을 기억해.

나는 오빠의 목소리를 떠올린다. 오빠라면 어떻게 말해줬을까. 지웅이의 일기장에 썼다, 지운다.

오빠의 눈빛이 참혹하게 변했던 걸 기억해.
오빠의 무너진 눈빛을 기억해.

왜 음악을, 왜 문학을, 왜 그 많은 예술을
인간들은 가지게 되었을까요.

오빠가 부임했던 그 학교에서 첫 수업 시간마다 아이들에게 물었다는 질문을 기억해. 정말 왜 인간들은 그런 것들을 가지게 된 걸까. 나는 오랫동안 슬프다고 말할 수가 없었다. 오빠는 어떤 답을 가지고 있었을까.

이 봄이 지나면 또 여름이 오고 단풍이 들고 얼음이 얼고 다시 또, 다른 봄이 오겠지.
그때에도 꽃이 눈처럼. 흩날리겠지.

낭독회에 다녀오고 얼마 뒤 그 애에게서 메일이 왔었어. 물론 오빠 계정으로 온 메일이었는데 나에게 쓴 편지였다. 오빠가 그날 그 시간에 그곳에 있었다는 걸 우연히 알게 되었다고. 그리고 얼마 동안 오빠가 하는 일들을 지켜보았다고. 오빠가 무너지고, 다치고, 쓰러지고, 그러면서도 결코 포기하지 않는 걸 다 지켜보았다고. 오빠 옆에 한 번도 함께 서주지 못한 걸 후회한다고. 그렇게 오빠가 떠나고도 몇 년이 걸렸다고. 오빠를, 오빠와 걸었던 벚나무 꽃길을 너무 생생하게 기억한다고 썼더라. 이 길에 들어서면 시간이 멈춘 기분이 들어. 하얗고 눈부신 꽃잎들이 누군가 그리운 영혼들 같아서. 내가 모르는 아득한 슬픔 같은 것들이 느껴져. 이 찬란한 영원 속을 걷고 있으면. 이 길 위에서 세상의 모든 먹먹한 순간들이 잠깐 동안 멈추는 것 같아. 내가 사라지고, 살아 있다는 느낌만 생생해. 그렇게 생생하게 텅 빈 마음이 돼. 한 줌 빛으로 만들어진 생명이구나. 오빠가 그날 그 길에서 했던 말들을 하나도 빠짐없이 다 기억한다고. 그 애도 그게 첫 데이트였다고. 봄이면, 매년 봄이 찾아오는 걸 견딜 수가 없다고. 환한 꽃나무가 눈부시게 아름다운 걸 참을 수가 없다고. 그런데도 봄마다 꽃은 어김없이 피고 자신은 그 나무들 아래에서 아무렇지 않게 웃고 있다고, 썼더라.

오빠,

꽁꽁 언 강에 떨어지는 작고 흰 꽃잎들을 생각해.
하얀 모래사막 위에 누워 있던 오빠를 기억해.

줄곧 시간 여행을 하고 있는 기분이 들던 그 여행에서 돌아왔을 때 우리를 덮쳐온 것은 정리가 덜 된 감정들이 아니라 시차였다.

영원히 극복할 수 없을 것만 같은 시차.

사막에도 길이 있다니.

그때 지프를 타고 사막을 달리는 동안 오빠가 연신 감탄을 하면서 말했었지. 내비게이션에 나오는 사막 한가운데 길을 보고 너는 흥분에 들떠 있었어.

사막에도 길이 있다.

오빠는 볼펜을 꺼내 손바닥에 메모를 해두었지. 손바닥의 손금이 꼭 사막의 길 같아. 손바닥을 한참 들여다보고 있던 오빠가 그렇게 말했던가. 흘러내리는 모래를 쥐듯이 손바닥을 가만히 말아 쥐었다.

만약 우리가 단지 조금 멀리 떨어진 사막의 길 위에 서 있는 거라면

만약 우리가 다만 조금 긴 시차 속에 살고 있는 거라면

어둠보다 더, 별이 많아.

그 하늘에 압도돼서 겨우 중얼거렸던 이 말을 오빠는 기억할까.

그 밤에.

오빠,

내가 너를 조금 더 빨리 불렀더라면.

내가 오빠를 조금만 더 빨리 일으켜 세웠더라면.

내가 너보다 1분 15초 먼저 세상에 나왔더라면.

내가 너였더라면.

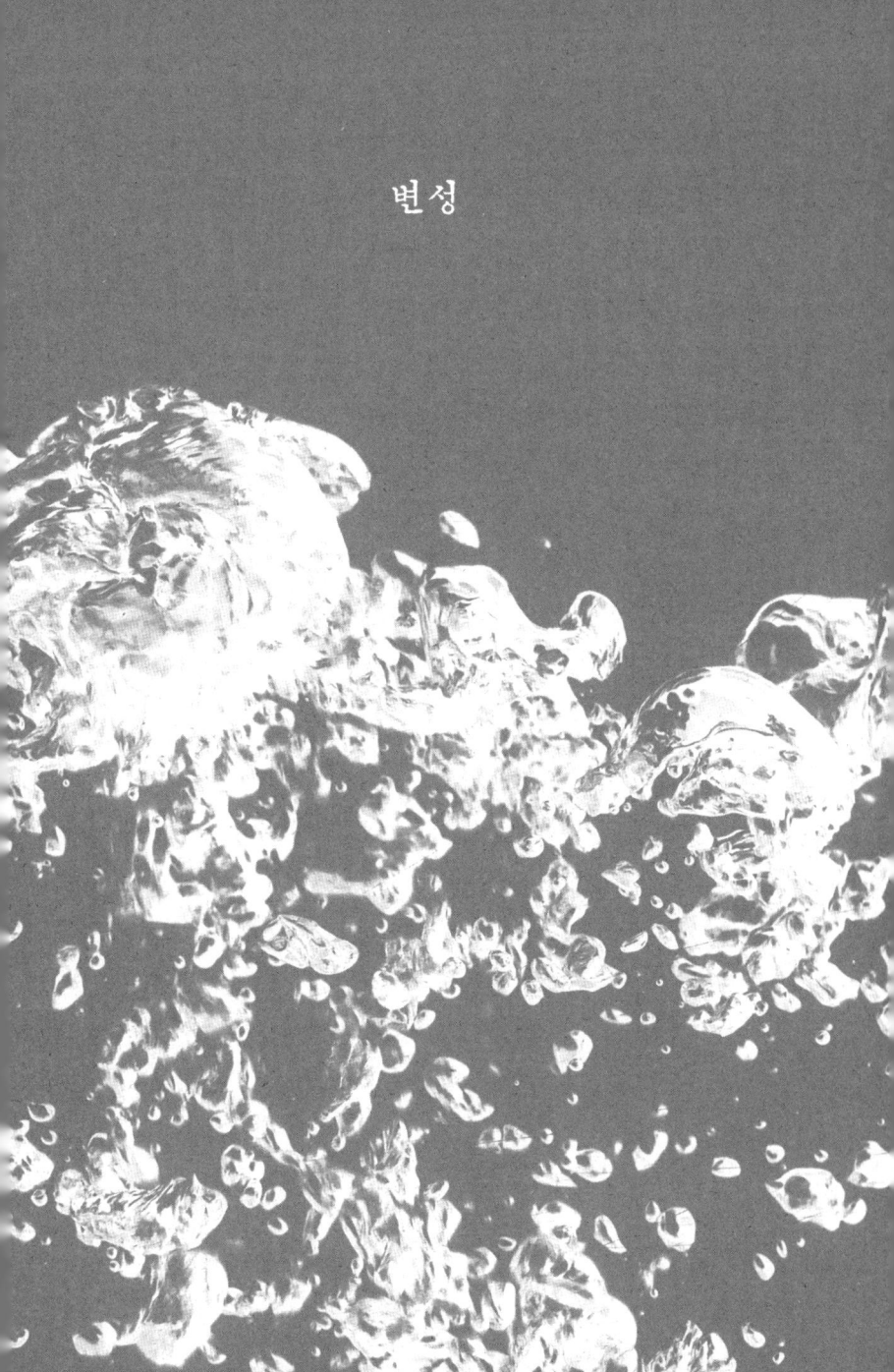

변성

매미도 귀뚜라미도 아니라면. 그것은 곤궁이었을까. 봉분이 일정한 간격을 두고 솟아 있다. 돌로 테두리를 두른 묘도 있고, 흙으로 쌓은 봉분에 떼만 입힌 묘도 있지만 묘마다 앞에 두 개의 단지, 꽃을 꽂을 수 있는 돌 화병이 놓여 있는 것은 같다. 어둠 속에서도 화병에 꽂힌 형광 조화들은 육안으로 구분이 가능하다. *매미가 울다 그치고, 울다 그치고, 울다 그치는 동안. 아무도 만나지 않았다. 한 번도 생각하지 않은 것.* 송이가 큰 흰 국화, 씨까지 똑같이 구현한 해바라기, 노란 나리꽃, 주먹을 두어 개 합쳐놓은 크기의 자줏빛 목단, 힘없이 흔들리는 기다란 보릿잎 들. 비탈을 따라 오르는 사람. *곱은 걸 보면 그때의 우리가 떠올라. 한번 부러졌던 뼈는 얼마나 단단하게 붙나. 가만히 누워 뼈가 붙기를 기다려.* 그는 장갑 낀 한 손에 낫을 들고, 한 손에 제초기를 들었다. 바짓단은 목이 긴 양말 속에 들어가 있다.

어떤 이름도 붙지 않은 날에 이 묘원을 찾는 사람은 거의 없다. 구름의 모양은 같은 날이 없고 그가 관리하는 묘는 대략 천여 개. 그가 언제부터 이 일을 해왔는지는 그만이 알 것이다. 그의 등에 매달려 있는 낡은 천 가방이 불룩하다. 눈을 보면 알 수 있다고 했는데. *제일 잔인한 게 뭔 줄 알아?* 눈 대신 너의 질문이 떠오른다. 그는 서두르지 않는다. 그는 느긋하게 걸어 목표한 곳에 도착할 것이다. 한 열에 스무 개씩 줄 맞춰 솟아 있는 묘를 차례로 지나는 그의 시선이 비석의 옆면에 잠깐씩 머문다. B704. 새벽의 냄새. 그는 B구역 7열, 4칸을 지나고 있다. *왜 이렇게 죽기가 어려운가. 내가 죽어야 편해질 텐데. 내가 가벼워져야.*

비탈에서 풀벌레가 운다. 그에게도 풀벌레 소리가 들렸을 것이다. 그는 아무 소리도 내지 않고, 일정한 속도로 비석의 옆면에 잠깐씩 시선을 주며 앞으로 나아간다. 텅 빈 무덤들. 그는 1980년대 초반의 죽음을 지난다. *기울고 있다. 기울고 있다. 시절이 한 방향으로 쏟아진다.* 그는 여러 차례 봉분을 해체하고, 흙을 파내고, 그 아래에 남겨진 유골과 머리카락 같은 것들을 수습한 적이 있다. 모든 게 부패하고 냄새마저 사라진. 더는 관리비를 내지 않는, 보증 계약 기간도 끝난 묘들을 그는 몇 차례 정리했다. *다행이다. 문을 연 사람이 네가 아니라서. 감사합니*

다. 감사합니다, 주님. 주변에 그를 지켜보는 사람은 아무도 없다. 텅 빈 무덤들. 흙은 비워지지 않는다. 흙은 끌어당긴다. 그는 같은 속도로 걷다가 낫을 든 손의 검지와 중지로 제초기를 든 팔을 긁는다. B701. 비석의 옆면에 생몰년월일이 새겨져 있다. 오른다리를 왼다리 위에 올리고. 왼다리를 오른다리 위에 올리고. 등을 등받이에 기대고. 두 다리를 접어 의자 위에 올리고. 옆방의 소리를 듣다가. 그는 비석 옆에 제초기를 내려놓고, 봉분을 천천히 한 바퀴 돈다. 그의 시선이 봉분 위에 볼품없이 웃자란 잔디를 지나, 봉분 아래 뒤섞여 자란 잡초들을 훑고, 비석에 도착한다. 그의 눈은 비석과 봉분 사이를 오가고. 어떤 날에는 구멍이 방 전체를 차지하는 것 같아 벌떡 일어나 앉기도 했다. 그런데 돌아보면 구멍은 그대로고. 그는 오른손의 낫을 고쳐 들고, 빠르게 봉분 아래쪽 잡초들부터 제거한다. 왼손으로 한 줌씩 잡고, 오른손에 든 낫을 자신을 향해 당긴다. 슥, 슥, 이름 모를 풀들이 바닥에 쌓인다. 제초기 돌아가는 소리가 멀리서 들려온다. 환청이 바닥을 덮는다. 나는 안심했고, 절망했다. 너에게 그것은 고집이었을까. 자해였을까. 바람은 잠잠하다. 그는 멈추지 않고 숨을 쉬고 있다. 풀냄새가 날 것이다. 그는 시작을 낫으로 하는 습관을 바꾸지 못하고 비석은 봉분 앞에 있다. 새벽의 관절들. 내가 견디고 있던 것. 그것이 나무의 가지 끝에서 피는 꽃은 아니었을 것이다.

그는 낫질을 멈추고, 허리를 편다. 제초기 옆에 내려놓은 가방에서 빈 자루를 꺼낸다. 봉분 주변에 쌓인 잡초들을 자루에 담는다. 풀을 움켜쥔다. 구멍에 넣는다. 풀을 움켜쥔다. 구멍에 넣는다. 같은 동작을 몇 번 더 반복한다. *잠에서 깰 때마다 뭔가를 떠올리진 않지만 어떤 날에는 꿈속에 보았던 얼굴이 계속 생각나기도 해. 그만 좀 해.* 입이 벌어져. 그는 자루를 바닥에 내려놓고 숨을 깊이 들이마신다. 까마귀 몇 마리가 근처 축대 위에 앉아 있다. 고요하다. 조금 더 멀리서 제초기 돌아가는 소리가 들린다. 그는 봉분 가까이 다가선다. 돌로 사각의 테두리를 두른 봉분에 잡초가 군데군데 솟아 있다. 봉분에 자란 잡초는 뿌리까지 뽑아야 한다. 그는 잡초를 하나씩 잡고 위로 끌어올리기를 반복한다. *구멍은 길고 둥근 모양인데. 그것을 등지고 누워 생각할 때면. 구멍은 점점 길어지거나 넓어지거나, 짧아지거나 좁아지거나.* 흙에서 잡초의 얕은 뿌리가 뽑혀 올라오는 감촉이 그의 손아귀에 전해진다. 그는 뽑은 잡초를 봉분 위에 던져놓고, 다른 잡초를 잡아 뽑는다. 잘 뽑히는 것들도 있고, 뿌리가 뽑히기 전에 줄기가 끊어지는 것들도 있다. 잡초가 뽑혀져 나올 때마다 뿌리가 뽑혀 나온 자리의 흙이 드러난다. *무엇을 막을 수 있나. 꼼짝없이 당할 걸 알면서. 잠들지 못해.* 잔디 사이에 흙의 자리가 솟아난다. 7백 번대 라인은 유독 잔디가 잘 살지 못한다. 정남향. 해가 잘 들어서, 언덕 전체에 잡초가 무성하다. 잡초가 잘되는 땅에서는 잡초만 잘 자란다. *뭐가 궁금한 건가. 그런 생각을 한 적이 있다. 언제까지 버틸 거야? 언제까지 괜찮을 거야? 이래도. 이래도. 계속 그렇게까지? 어떻게 그래.* 그는 두더지가 오간 자리를 발로 꾹꾹 누른다. 두더지는 곤히 자고 있을 것이다.

제초기 소리가 요란하다. 그는 제초기로 빠르게 잡초를 베어내고 있다. 봉분과 봉분 주변의 풀들이 차례로 베어져 나간다. 풀이 사방으로 날리고, 까마귀 한 마리가 축대를 떠난다. 칼날은 쉬지 않고 돌아간다. 그는 제초기로 묘 주변을 닦아내듯 문지른다. *나에게는 개개비가 있다. 문제는 다른 게 아니라 무엇이 두려운가.* 705, 708, 710, 712 땅과 제초기의 거리는 너무 멀지도 너무 가깝지도 않아야 한다. 713, 717, 718 한 열의 잡초를 정리하고 B702, 그는 출발 지점으로 돌아간다. 자루의 주둥이 끝을 왼손으로 쥐고 오른손으로 빠르게 잡풀을 자루에 담는다. 그는 풀을 움켜쥔다. 구멍에 넣는다. 풀을 움켜쥔다. 구멍에 넣는다. *바람이 불고 밤이 오고 비행기가 날고 왜인 줄도 모르면서. 느꼈어? 느꼈냐고?* 그는 빠르게 자루를 채우다가 711 비석 옆에 놓여 있던 소주병을 집어 든다. 소주가 반쯤 남아 있다. 그는 자루를 쥔 왼손으로 소주병을 옮겨 들고 오른손으로 소주병의 뚜껑을 비틀어 연다. 코에 병을 가까이 대고 냄새를 맡는다. 한 모금 마신다. 한 모금 더 마신다. 소주병의 뚜껑을 닫고 병을 잡풀이 가득 찬 자루에 던진다. 억울한 마음이 몸을 썩게 만든다. *억울함을 품지 마라.* 어릴 때 어디서 들었는데. *씨발, 개소리.* 멀리서 울리던 제초기 소리가 멈춘다. 고요하다. 그의 바지 주머니에서 벨소리가 울린다. 그는 자루를 내려놓고, 오른손의 장갑을 벗고, 전화를 받는다. 그래. 그는 전화를 끊고, 주머니에 전화를 넣고, 왼손의 장갑까지 벗어 뒷주머니에 꽂고, 빠르게 720까지 걸어간다. 720 앞에 벗어둔 가방을 메고, 제초기를 들고, 비탈을 내려간다.

문제는 *그게 아닌데도 개개비 개개비 벌통 속 꿀처럼.* 신입이 비탈 아래, 그가 세워둔 트럭 옆에 서 있다. 신입은 묘원의 입구 쪽을 내려다보며 담배를 피우고 있다. 분명 누군가 주의를 줬을 것이다. 그는 아니다. 신입은 그 대신 사무실에서 걸려오는 전화를 받는다. 신입이 그가 들고 내려온 자루와 제초기를 받아 트럭 짐칸에 싣는다. *사람을 처음 때려봐서. 신이 나서 멈춰지지가 않는 거야. 그런데 다 내 잘못은 아니지. 미안한 건 미안한 거고 그렇다고 다 내 잘못은. 그건 아니지 않아. 너도 양심이라는 게 있을 거 아냐.* 신입이 실어놓은 제초기와 자루 옆에 그의 제초기와 자루가 놓인다. 신입이 운전석에, 그가 조수석에 올라탄다. 트럭은 아래로, 포장된 비탈을 내려간다. 이런 경우가 자주 있나요? 앞만 보고 있는 그에게 신입이 묻는다. 자주는 아니지. 그는 계속 앞을 본다. 알아둬야 할 것이 있을까요? 신입은 질문을 하느라 속도가 올라가는 것을 모르고 있다. 그는 대답하지 않는다. 트럭은 조금씩 흔들리다가 포장이 깨진 구간에서 한 번 더 크게 흔들린다. 신입은 핸들을 쥐고 있고 그의 몸은 크게 움직이지 않는다. *마음 한쪽이 문드러져서 서로에게 들키지 않으려고. 사진을 찍었지. 잠겠다, 달아나겠다, 마치 그게 선택이라도 되는 것처럼.* 트럭은 사무실 앞에 도착한다. 그와 신입은 사무실로 들어갔다가 삽과 방수포, 나무 상자를 나눠 들고 돌아 나온다. 신입의 주머니에 반으로 접힌 종이가 꽂혀 있다. 로키. 신입의 목소리에 앞서가던 그가 뒤를 돌아본다. 언제 왔는지 로키가 그의 뒤를 따르고 있다. 로키는 꼬리를 흔들고, 그는 로키 앞에 무릎을 접고 앉아 로키의 까만 얼굴을 두 손으로 감싸 쥔다. *피부가 벗겨지고, 살이 찢기고, 피가 굳는 동안.* 로키와 그가 안고, 안기고, 서로의 품에서 온기를 나누는 사이 신입은 자신이 들고 있던 삽과 상자, 그가 바닥에 내려놓은 삽과 방수포를 트럭 짐칸에 싣고 사무실 옆 간이 화장실로 들어간다. *기다렸지. 계속 기다렸어.* 그는 점퍼 주머니에 넣고 있던 간식을 꺼내 로키에게 내민다. 간식을 먹는 로키의 혀가 잠깐 그의 손가락 끝에 닿는다. 신입이 옷에 손을 문지르며 돌아와 운전석에 타고 그는 조수석에 올라탄다. 군데군데 칠이 벗겨진 흰 트럭이 줄 맞춰 늘어선 묘들 사이를 달린다. *기다렸어. 계속.* 로키는 달리지 않는다. 로키는 천천히 걸어 트럭이 간 방향과는 다른 방향으로 간다. *다시는 돌아가지 않아도 된다는 걸 알았을 때, 그때가 제일 좋았어. 24년 만이었어. 거기 들어가고 처음. 비를 맞았다.*

A303. 그들은 바닥에 삽을 내려놓고 비석의 번호를 두세 번 확인한다. 그나 신입이나 이름을 들어서 알고 있지만 신입은 주머니에서 종이를 꺼내 다시 한번 종이에 적힌 이름과 비석의 이름이 일치하는지 확인한다. *견디고 있다는 생각이 들어. 다 그만두고 싶다는. 그만두면 뭐? 곧장 이런 질문이 따라와. 너의 눈빛이. 가만히 있는데도 숨이 찬 기분이랴. 나는 돌이라도 꽉 물고 싶었어.* 화병은 비어 있다. 비석의 크기가 다른 비석들보다 확연히 작다. 신입은 삽을 비석 옆에 내려놓고 모자를 벗고, 두 손을 모아 잡는다. 고개를 숙인다. 그는 신입을 보지 않고 뒷주머니에 꽂아두었던 장갑을 꺼내 낀다. 봉분은 흙으로만 쌓았고, 돌 테두리를 두르지 않았다. 오랫동안 사람이 찾지 않은 묘. 봉분의 위쪽부터 허물기 시작하면 될 것이다. 신입이 눈을 뜨고, 고개를 들고, 손을 풀고, 삽을 집어 든다. *기억을 잃고 등을 쭉 펴는 사람처럼. 사랑했다. 기어이 말하고 마는 사람*

처럼. 그는 말없이 삽질을 시작한다. 신입은 그가 파내고 있는 반대쪽 봉분에 삽을 꽂는다. 두 사람이 차례로 봉분에 삽을 꽂고, 흙을 퍼낸다. 삽을 꽂고, 흙을 퍼낸다. 잔디의 뿌리가 드러난다. 잡풀들이 마구잡이로 뽑혀 나온다. 봉분이 부서진다. 처음도 마지막도 아닌 마음. 그런 마음만 먹고 싶다. 굼벵이가 꿈틀거리고, 잔벌레들이 빠르게 흩어진다. 두 사람은 말없이 삽을 박아 넣고 흙을 퍼낸다. 텅 빈 하늘에 까마귀가 난다. 고요하다. 두더지 구멍으로 흙이 쏟아져 들어가고, 들쥐가 놀라 달린다. 괜찮아. 그런 건 배운 적이 없었으니까. 부모님이 걱정하시겠다. 다 그렇게 말했으니까. 제발, 한 번만. 삽이 흙에 꽂히고, 두 사람이 숨을 거칠게 몰아쉬고, 흙이 바닥으로 쏟아진다. 로키가 언제 왔는지 A304 비석 옆에 앉아 두 사람을 보고 있다. 절망을 들키고 싶어서 공원에 갔다. 사람은 많았는데 개도 많았는데. 걷기도 하고 뛰기도 하고. 배드민턴도 하고. 공도 던지고. 스피커에서 작게 노래도 나왔는데. 로키가 파헤쳐지는 땅을 보고 있다. 흙냄새가 났을 것이다.

　발밑이 무너져. 로키. 로키를 발견한 신입이 삽질을 멈춘다. 그도 삽질을 멈춘다. 잠깐 쉬었다 하시죠. 신입이 삽을 내려놓고, 303 비석 앞 경계석에 걸터앉는다. 매일매일. 사람 같지도 않은 것들. 사람 같지도 않은 것들. 듣다 보니. 그도 삽을 내려놓고, 로키 옆에 앉는다. 신입이 담배를 꺼내 문다. 그는 304 비석 옆에 부려놓았던 가방에서 따지 않은 물병을 꺼내 신입에게 건넨다. 로키는 파헤쳐진 땅으로 간다. 흙에 코를 박는다. *인간이 자연을. 국가가 국민을. 사회가 개인을. 몇 세기가 흐르는 동안.* 무슨 냄새를 맡았는지는 로키만이 알 것이다. 로키의 작은 네발이 봉분이 무너져 평평해진 땅을 밟는다. *어차피 다. 제발 그렇게 말하지 마. 어차피.* 로키는 곳곳에 코를 박고 멈춰서 냄새를 맡는다. 그는 숨을 몰아쉬고, 신입은 불을 붙이지 않은 담배를 손에 쥐고 있다. 이 사람 왜 죽었을까요? 신입이 묻는다. 그는 허물어진 봉분 앞에 서 있는 비석의 옆면을 본다. *나는 한 번도 영혼에 대해 들어본 적이 없다. 내내 부서지는 것들을 보고 있었다. 부서지지 않은 것은 부서질 가능성이다. 아무도 나에게 영혼에 대해 말하지 않았다.* 그는 대답하지 않는다. 신입이 일어나 비석의 뒷면을 읽는다. 아내도 있고, 자식도 둘이나 있었네요. 그는 로키를 보고 있고. 로키는 이제 302의 봉분을 돌고 있다. 봉분의 테두리를 두른 돌을 따라 돌과 흙 사이에 코를 박고 냄새를 맡는 중이다. 돌과 흙 사이에 풀이 솟아나 있다. 신입은 비석의 뒷면에 새겨진 이름들을 한동안 보다, 경계석 위에 올라선다. 경계석 아래쪽의 묘들을, 나란한 비석들을 내려다본다. *빛, 어둠, 빛, 어둠, 지겨워 죽겠어. 빛, 어둠, 빛, 어둠, 빛. 빛. 그렇게 쉽게 말하면서. 무엇을 보고 있는지는*

신입만이 알 것이다. 처음이네요. 신입이 말한다. 그는 오른 소매로 이마에 흐르는 땀을 닦는다. 신입과 그는 말을 길게 나눈 적이 없다. 이제 로키는 그의 옆에 와 있다. 바닥에 엎드린 로키의 몸이 길게 그의 허벅지에 닿아 있다. 그날 왜 올라오셨어요? 신입이 묻는다. 신입도 그도 서로를 보지 않는다. 그날 눈도 왔는데. 그는 대답하지 않는다. 벗어둔 장갑을 끼고 자리에서 일어선다. 로키도 일어선다. 그가 삽을 집어 든다. 장갑에도 삽자루에도 흙이 엉망으로 엉겨붙어 있다. *계속 비슷한 악몽을 꾸고 있어. 자연이 인간을. 국민이 국가를. 개인이 사회를.* 신입이 그를 돌아본다. 로키가 신입의 왼다리 근처에 서 있다. 그가 삽을 바닥에 꽂는다. 신입이 뒤를 돌아 그를 잠깐 보다가, 자신의 삽을 집어 든다. 신입의 주머니에서 짧은 메시지 수신음이 들린다. 전자음이 비슷한 간격을 두고 반복된다. 그가 삽을 바닥에 꽂는다. 신입이 삽을 바닥에 꽂는다. 두 사람은 이제 봉분 아래쪽으로 구덩이를 파 내려간다. 삽을 꽂고 흙을 퍼낸다. 삽을 꽂고 흙을 퍼낸다. 그와 신입이 삽질을 하는 뒤쪽으로 작은 흙더미들이 만들어진다. 삽을 박고 흙을 퍼낸다. *결국. 누구나 결국. 아무것도 결국으로 환원되지 않는다.* 삽을 박고 흙을 퍼낸다. 구더기가 짓이겨지고, 벌레의 등이 터진다. 살모사가 더 깊은 곳으로 들어간다. 까마귀들이 가까운 축대에 내려앉는다. 까악. 까악. 까마귀의 소리가 두 사람에게 어떻게 들렸는지는 두 사람만이 알 것이다. 까악. 까악. 두 사람은 말없이 삽질을 반복하고, 로키는 언제 갔는지 보이지 않는다. 이 자리에 내일 누군가 들어올 것이다. 두 사람은 같은 것을 알고 있다. 삽질을 멈추지 않는다. 살갗을 잃었다. 어른 물 증류 불완전함 싶다 긴장 환상 연결 속삭임 위한 암흑 자극 법 우아함 뿐 자랑 겨울 폐쇄 회의주의 감지 헛소리 증명 휴머니즘 흐리멍덩한 도구 접촉 취약함 구토 설사 장엄하다 정교한 감자 아름다움 오후 창 날리는 책 잔인한 깊이 바나나 찬란 끔찍하게 조각 입김 불편 몇몇 두드리다 지나가다 뻔뻔한 낡은 복사 과잉 위스키 전쟁 잉여 파프리카 더미 잃었다. 뼈가 드러난다.

신입이 나무 상자를 들고 비탈을 내려간다. 그는 삽 두 자루를 들고 신입의 뒤를 따라 내려간다. 그래서 했어? 했냐고? 신입이 트럭 앞에 멈춰 서서 그를 돌아본다. 그의 뒤로 구름이 느리게 지나가고. 규칙적으로 솟아오른 묘들 사이에서 삽을 든 그가 걸어 내려온다. 언덕의 제일 높은 묘들이 하늘에 닿아 있다. 여기는 매일 눈 오는 날 같아요. 신입이 가까이 온 그에게 말한다. 물이 끓었을 뿐인데. 그는 신입의 눈을 보지 않는다. 트럭 짐칸에 삽을 싣는다. 눈 오면 고요하잖아요. 이상하게. 여긴 매일 그래요. 신입은 그가 내려온 비탈을 보고 있다. 계속 들고 있을 거야? 그가 신입에게 묻는다. 신입은 여전히 두 손으로 상자를 들고 있다. *죄책감 중독은 뭔가 견디고 있다는 착각을 낳는다. 나는 너를 견디고 있다. 나는 너를 견딘다,는 실상 견디는 자를 견뎌야 하는 대상으로 바꾸는 주문이다.* 그가 운전석 쪽 문을 열고 신입이 들고 있는 상자를 운전석 의자 위에 올려놓는다. 소복 소복. 소복 소복. 신입은 그의 뒤에 서서 상자를, 그가 상자가 기울지 않도록 균형을 잡는 것을 보고 있다. 그가 운전석 문을 닫고, 짐칸에 올라간다. 빈 자루 두 개를 찾아 하나를 신입에게 내민다. 바퀴를 딛지 않고 한 번에 내려온다. 두 사람은 방금 내려온 비탈 쪽으로 걸어간다. *너무 피곤해서 잠깐 졸았어. 아주 잠깐 눈을 감았다 떴다고 생각했는데.* 까마귀들이 쓰레기통과 멀리 떨어지지 않은 경계석에 모여 앉아 있다. 그와 신입은 각자 든 자루의 주둥이 끝부분을 잡고 비탈의 입구에 놓여 있는 쓰레기통을 비우기 시작한다. *낯선 도시의 공항 통로를 빠져나가는 토끼.* 쓰레기통은 철망으로 테두리를 둘러 대충 모양을 잡은 원통 형태로 성인 다섯은 족히 들어갈 크기다. 빛바랜 조화가 가득 차 있다. *한 마리, 두 마리, 세 마리. 저열한 새끼.* 노란색이었을 것이 분명한 소국, 꽃과 줄기가 분리된 장미, 회색빛의 백합, 마구잡이로 엉켜 있는 플라스틱 줄기 들. 하얗게 빛에 타버린 것들이 끝도 없이 끌려 나온다. 죽어서도. 죽어서도. 그는 오른손으로 조화를 움켜쥔다. 구멍에 넣는다. 신입은 조화를 움켜쥔다. 구멍에 넣는다. 일의 핵심은 반복이다. 반복만큼 확실한 건 없다. 자연의 핵심도 반복이다. 파괴의 핵심도 반복이다. 하루는 빠르게 채워진다. 액셀도 브레이크도 밟고 싶지 않다는 생각을 할 때 뒤차가 클랙슨을 울려댔다. 그날 귀가 액셀을 밟았다. 귀는 창문도 내렸다. 귀는 손도 흔들었다. 집에 무사히 도착한 것은 순전히 귀 덕분이었는데 현관문 앞에 서서 비밀번호를 누르고 있을 때 귀가 뒤를 돌아보게 했다. 분명 들었어. 아무것도 보이지 않았다. 분명 들었다니까. 여전히 아무것도 보이지 않았다. 신입은 쓰레기를 움켜쥔다. 구멍에 넣는다. 그는 쓰레기를 움켜쥔다. 구멍에 넣는다. 두 사람은 자루를 금방 채운다. 쓰레기통이 거의 비워졌을 때 신입은 조금 전에 내려온 비탈을 다시 오른다. 묘 근처에 버려져 있는 조화들을 줍는다. 이 소리. 신입은 조화에만 집중한다. 그들이 방수포를 덮어둔 못자리가 가까이 있다. 신입은 버려진 것에만 집중한다. 이 구역은 잡풀 정리가 일주일 전에 끝난 곳이다. 오늘 처리한 묘는 무연고 묘로 20년 이상 방치된 묘라고 들었다. 수치가 수치를 대신한다. 신입은 빠르게 백여 개의 묘를 훑고 트럭이 있는 곳으로 돌아간다. 그가 쓰레기통을 완전히 비우고, 트럭에 자루를 싣고 있다. 신입은 주머니에서 휴대폰을 꺼내 시계를 본다. 벌레 먹은 열무 잎사귀 같은. 시간이 가고 있다. 휴대폰 화면을 멍하니 보고 있는 신입의 어깨를 그가 손등으로 툭 친다. 비석 내려야지. 그는 시계를 보지 않는다. 앞서간다. 그의 손에 빈 자루가 들려 있다. 신입은 그를 따라 비탈을 오른다. 방수포를 덮어놓은 묫자리 앞에 그들이 눕혀놓은 비석이 보인다. 다른 땅과 다를 것 없이 평평하다.

밥이 나를 재배한다. 체념이 나를 재배한다. 죽음이 나를 재배한다. 비석은 어떻게 해요? 신입이 물었을 때, 그는 똑같다고 대답했다. 둘은 구덩이 위로 방수포를 덮고, 경계석에 앉아 숨을 고르고 있었다. 나무 상자는 304 상석 위에 올려두었다. 그가 먼저 일어나 삽을 들었다. 비석의 옆쪽에 삽을 꽂아 넣었다. *밥이 나를 지배한다. 체념이 나를 지배한다. 네가 나를 지배한다.* 신입도 그를 따라 비석의 아래쪽으로 삽을 꽂아 넣었다. 비석은 몇 번의 삽질 만에, 흔들리기 시작했다. 그가 삽을 내려놓고 비석을 앞뒤로 미는 동안, 신입은 밀린 부분에 삽을 꽂아 넣었다. 이제 이 사람을 기억하는 사람은 아무도 없을까요? 우리가 마지막인가. *내가 태어나지 않았으면. 당신이 그 사람을 만나지 않았으면.* 신입이 혼잣말에 가깝게 중얼거렸을 때, 그가 비석에 몸의 무게를 실어 밀었다. 그날 사무실에 있었어. 흰 차가 들어오더라고. 눈이 꽤 오는데. 한 시간쯤 지났나. 눈발은 점점 굵어지는데 안 내려오길래, 올라갔지. 제설을 따로 안 하는 걸 모르고 올라간 거 같아서. 비석의 한쪽 뿌리가 흙에서 빠져나왔다. 그의 말끝이 툭 터진 숨과 합쳐져 공중에 크게 퍼졌

다. 나는 너무 오래 매달려 있었다. 신입은 뿌리가 드러난 부분에 삽을 꽂아 넣어 한 번 더 흙을 퍼냈다. 한 방향으로 비석을 밀어 완전히 눕혔다. 그는 비석 앞에 쪼그려 앉아 뽑힌 비석의 앞면을 빈 자루로 한 번 쓸었다. 자루에 흙이 누렇게 묻어났다. 신입은 아무 말도 하지 않고 가만히 고개를 숙였다. 눈을 감았다 떴다. 비석은 신입의 그림자 속에 누워 있었다.

매일 조금씩 걷고 싶어. 걷다가 벤치에 앉아 나무들이 물드는 걸 보기도 하면 좋겠어. 고양이가 벤치 위로 올라와 내 옆에 엉덩이를 붙이고 앉으면 좋겠어. 볕이 좋아 얼마간 있다가 두껍게 챙겨 입은 옷에 땀이 조금 차도 좋겠어. 두 사람은 말이 없다. 신입이 눕혀놓은 비석을 일으킨다. 그가 비석 앞에 쪼그려 앉아 빈 자루로 비석을 두어 바퀴 둘러 감싸고, 주머니에서 끈을 꺼내 묶는다. *우리 손 잡아볼래?* 비석에 새겨진 이름들이 가려진다. 그가 비석의 뿌리 쪽을 들고, 신입이 비석의 반대쪽을 든다. 자리에서 일어서는 그의 입에서 신음이 새어 나온다. 그가 이어서 헛기침을 한다. 통로가 좁아 두 사람은 앞뒤로 선다. 신입이 앞서고 그가 뒤따른다. 그는 신입의 뒤통수를 본다. *아무나 땅에 처박을 고개.* 그의 숨소리가 거칠다. 신입은 그에 대해 아는 것이 아무것도 없다. 신입은 뒤돌지 않는다. 그에게는 그의 땀냄새가, 신입에게는 신입의 땀냄새가 났을 것이다. 살아 있는 것들에게서 냄새가 난다. 썩어가는 것들에서 냄새가

난다. 까마귀들이 멀리에서 까악, 까악, 울고. 빈 자루로 감싼 비석이 두 사람 사이에서 흔들린다. 비탈을 내려가는 동안 앞선 신입의 손에 비석 대부분의 무게가 실린다. 그는 걸음의 속도를 높인다. 트럭이 보인다. 하나, 둘, 셋. 비석이 트럭에 실린다. 두 사람은 동시에 장갑을 벗는다. 까악, 까악. 까마귀가 날고. 아침에 눈을 떴는데. 눈 와. 눈 온다. 메시지가 몇 통 와 있었어. 날씨 앱에도 눈이 펑펑 오더라. 휴대폰 바닥에 쌓이기까지 했어. 진짜 이렇게 많이 오나. 창 쪽으로 가봤는데, 마당에 눈이 쌓였더라고. 누런 잔디가 듬성듬성 보이게. 잔디가 다 보일 때는 안 그랬는데. 눈이 안 쌓인 자리에만 잔디가 보이니까. 기분이 이상했어. 그러니까 눈이 와서. 가까이 있고 싶어서. 그게 다야. 나는 누워 있었고. 눈송이가 이마에 내려앉는 걸 느꼈어. 눈꺼풀에도. 눈을 계속 뜨고 있기는 어려워서 깜빡, 깜빡했나. 눈썹에서 뭔가 녹아내리고. 갑자기 눈앞에 얼굴 하나가 보였는데. 그러니까. 그가 가방에서 물병을 꺼내 신입에게 건넨다. 신입은 한 손에 물병을 받아 들고 짐칸에서 자신의 검정 보스턴백을 끌어당긴다. 오늘 같이 일한다고 해서. 그는 신입이 가방을 여는 것을 보고 있다. 도시락 싸 왔어요. 신입이 보스턴백에서 보냉백을 꺼내 보인다. 로키는 그들이 내려갈 비탈의 끝에 서서 흙에 코를 박고 있다. 아래쪽 정자, 거기서 먹어요. 신입이 운전석 문을 열고, 나무 상자를 꺼낸다. 그가 신입 뒤에 서 있다가 상자를 받아 들고. 신입이 운전석에 올라탄다. 그가 신입에게 상자를 건네고, 트럭의 앞쪽으로 돌아 조수석에 올라탄다. 그가 안전벨트를 하는 동안 신입은 기다린다. *그런 생각 그만해. 네 탓이 아니야. 네가 놓은 게 아니야.* 신입이 그에게 상자를 건네고, 안전벨트를 하고, 시동을 건다. 흰 트럭이 움직인다. 트럭이 흔들릴 때마다 상자도 흔들린다. 트럭이 비탈을 내려간다. 상자에서 소리가 난다. 두 사람은 아무 말도 하지 않고 서로의 얼굴을 보지도 않는다. *있지도 않은 것 때문에 평생을 바치고. 있지도 않은 것 때문에 목숨을 걸고. 있지도 않은 것 때문에.* 그는 상자가 아래쪽으로 쏠린 부분을 두 손으로 받쳐 들어 올린다. 도로의 포장이 부서진 부분에서 신입은 속도를 줄인다. 상자 안에서 덜컹거리는 소리가 날 때마다 차 안은 더 고요하다. 두 사람은 앞만 보고 있다.

사무실 앞에 트럭이 도착한다. *그러지 말고 담배나 한 대 줘.* 신입이 그의 무릎에 놓여 있는 상자를 자신의 무릎 위로 옮겨 간다. 그가 안전벨트를 푼다. 신입이 그에게 상자를 건넨다. 그가 상자를 받는다. *확인받고 싶어서. 조바심에 휘둘려.* 신입이 안전벨트를 풀고 빠르게 트럭에서 내린다. 트럭의 앞쪽으로 돌아 조수석의 문을 연다. 그가 상자를 두 손으로 들고 트럭에서 내린다. 로키. 로키가 언제 왔는지 사무실 앞에 앉아 있다가 그를 보고 다가온다. 짖는다. *잘 지내?* 짖는다. 그는 로키가 짖는 것을 본다. 신입이 앞서 걸어 사무실의 문을 연다. 로키가 짖는다. 멀리서 뭔가 태우는 연기가 솟아오르고. 그가 숨을 들이쉬고 내쉰다. *네 살냄새.* 사무실에서도 로키의 소리가 들렸을 것이다. *그리워.* 그와 신입이 빈손으로 돌아 나온다. 신입이 트럭의 뒷바퀴를 딛고 짐칸에 올라 비석을 세운다. 그가 트럭의 뒤편에서 비석의 한쪽 부분을 잡아 눕히고, 신입이 짐칸에서 내려와 비석의 반대쪽을 잡아 내린다. 두 사람은 나란히 서서 옆으로 걷는다. 사무실 입구 양쪽으로 무궁화나무가 서 있다. 그의 등에 나뭇가지들이 스친다. 해가 뜨고 지고. 해가 뜨고 지고. 비가 내리다 그치고. 비가 내리다 그치고. 흙이 흐르고, 패고. 흙이 쌓이고, 무너지고. 새벽이 오고. 새벽이 오고. 쥐가 들고. 새가 울고. 그 긴 시간 동안. 두 사람은 비석을 사무실에 내려놓고 돌아 나온다. 로키가 짖는다. 두 사람은 간이 화장실로 간다. 각자 볼일을 보고, 손을 씻는다. *널 껴안고 싶다. 숨이 막히도록 꽉 안고 싶어.* 로키가 그를 따라갔다가 따라온다. 그는 트럭 옆에서 신입을 기다린다. 신입이 공중에 두 손을 털며 트럭으로 돌아온다. *딱 한 번만.* 정자는 사무실에서 멀지 않은 곳에 있다. *너를 만지고 싶다.* 신입이 짐칸에서 보냉백을 꺼낸다. 두 사람은 말없이 정자 쪽으로 걷는다. 로키가 그의 뒤를 따라간다.

  나무와 나무 사이로 바람이 지나간다. 한 나무에서 한 나무까지. 맛은 보장 못 합니다. 신입이 정자 바닥에 도시락을 펼쳐 놓고, 그에게 수저를 건네주며 말한다. *너무 아팠어, 그래서 잘 보이고 싶었어. 그러니까 잘 보이려고 나는.* 그의 바지도 신입의 바지도 흙먼지가 뽀얗게 앉아 잿빛이다. 사실 도시락을 처음 싸봤어요. 신입이 그에게 그의 몫의 밥이 담긴 도시락통을 건네고, 밥을 받아 든 그가 얼핏 웃는다. 그의 웃는 얼굴을 신입은 처음 본다. 잘 먹을게. 나물 두 가지는 산 거예요. 도라지랑 고사리. 어른들 나물 좋아하잖아요. *구슬아이스크림, 병어조림, 잔치국수.* 그는 호박전을 제일 먼저 집는다. 젓가락을 쥔 그의 손이 눈에 띄게 떨린다. 그는 호박전을 한입에 넣고 떨리는 손등으로 자신의 무릎을 두어 번 두드린다. 신입은 그의 손을 보지 않는다. *내가 사랑하는 거 알지?* 신입은 그를 보는 대신 반찬이 있는 도시락통들을 그가 있는 쪽으로 조금 더 가까이 밀어놓는다. 그는 우물우물 호박전을 씹는다. 밥 한 번, 도라지 한 번, 밥 한 번, 고사리 한 번. 그는 빠르게 손을 움직여 음식을 입에 넣고 있다. 구멍에 잡풀을 넣듯이. 구멍에 조화를 넣듯이. *퉁퉁마디, 콜라나무, 요정코끼리발, 수도승두건선인장.* 김치도 산 거예요. 신입이 김치를 집으며 말한다. 아, 감자는 제가 조렸습니다. 그는 대답 대신 감자를 집어 입속에 넣는다. 우물우물 감자와 밥을 동시에 씹는다. 밥과 감자가 입안에서 섞여 달큰하고 고소한 침이 생겼을 것이다. 로키는 정자 주변을 돌며 냄새를 맡고 있다. 민들레가 모여 있는 뜰에 코를 박고 있다. 굴복한다. *바다 물결 소리. 발목이 잠긴다. 바다 물결 소리.* 민들레 홀씨가 사방으로 날린다. 그들이 말없이 도시락을 비워가는 사이 정자 옆으로 검은 차가 한 대 올라간다. 가까운 곳에 멈춰 선다. 정자에서 멀지 않은 곳에 있는 C구역 앞에 차를 대고, 세 사람이 내리는 것이 보인다. 가족이겠죠? 신입이 한쪽 볼에 밥을 물고 묻는다. 그는 세 사람이 가는 쪽을 본다. C구역에는 최근에 들어온 사람의 묘가 많다. *다 같이 본다. 다 같이 듣는다. 다 같이 말한다. 아무도 말하지 않는다. 아무도 듣지 않는다. 아무도 보지 않는다.* 셋 중 한 사람이 분홍 장미 꽃다발을 안고 있다. 그와 신입은 말없이 남은 밥을 먹는다. 더는 그들을 보지 않는다. 호박전은 다 먹었고, 김치는 많이 남았다. 잘 먹었어. 그가 도시락의 뚜껑을 덮으며 말한다. "우리 다시 만날 때까지." 그들에게 노랫소리가 들린다. 신입과 그는 동시에 세 사람이 묘 앞에 서 있는 쪽을 본다. 소리는 멀고, 세 사람의 등은 작지만 선명하다. "다시 만날 때 다시 만날 때." 신입이 도시락 뚜껑을 닫다가 아주 짧은 순간 손을 멈춘다. 그가 남은 통들을 빠르게 정리한다. 그가 보냉백에 도시락통들을 차례로 담는 동안 신입은 참는다. 신입이 오른손 검지를 구부려 양 눈가를 누른다. *누군가를 믿느라 너를 모른 척하지 마. 너를 너무 오래 버려두지 마.* 그가 일어서고, 신입도 일어선다. 찬송과 기도가 바닥을 덮는다. 그는 보냉백을 들고 앞장서서 걷는다. 로키가 그의 뒤를 따르고, 신입도 그의 뒤를 따라 걷는다. 신입의 눈에 그의 뒤통수가 보였을 것이다. *그런 건 끝까지 모르고 싶다.* 신입이 무엇을 보고 있었는지는 신입만이 알겠지만.

문제없다. 문제없다. 문제없다. 제초기 소리가 요란하다. 그는 제초기로 빠르게 잡초를 베어내고 있다. 해가 넘어가고 있다. 봉분과 봉분 주변의 풀들이 차례로 베어져 나간다. 풀이 사방으로 날리고, 까마귀 한 마리가 축대를 떠난다. 곧 어두워질 것이다. 칼날은 쉬지 않고 돌아간다. *무지도 나이를 먹는다. 자라서 아집, 편견, 칼날이 된다. 엉뚱한 싹을 자른다. 상처도 나이를 먹는다. 자라서 독이 된다. 독은 중독이다. 독에 서서히 당한다. 독은 전멸시킨다.* 그는 제초기로 묘 주변을 닦아내듯 문지른다. 땅과 제초기의 거리는 너무 멀지도 너무 가깝지도 않아야 한다. B501, 505, 508, 511. 한 열의 잡초를 정리하고, 그는 출발 지점으로 돌아간다. 그는 자루의 주둥이 끝을 왼손으로 쥐고 오른손으로 빠르게 잡풀을 자루에 담는다. 풀을 움켜쥔다. 구멍에 넣는다. 풀을 움켜쥔다. 구멍에 넣는다. *너한테 보이는 건 죽기보다 싫은데. 참을 수가 없어.* 그는 빠르게 자루를 채우다가 517 비석 옆에 놓여 있던 정종 병을 집어 든다. 정종이 반 넘게 남아 있다. 그는 자루를 쥔 왼손으로 술병을 옮겨

들고 오른손으로 정종의 뚜껑을 비틀어 연다. 목을 꺾어 한 모금 마신다. 한 모금 더 마신다. 숨을 깊이 들이마시고 내쉰다. *굶는 것밖에 할 수 있는 게 없어서. 굶었어.* 그는 정종의 뚜껑을 닫고 병을 잡풀이 가득 찬 자루에 던진다. 가까이에서 제초기 소리가 들린다. 고요하다. 까마귀들은 먼 축대에도 앉아 있다. 그의 주머니에서 벨소리가 울린다. 그는 자루를 내려놓고, 오른손의 장갑을 벗고, 전화를 받는다. 그래. 그는 전화를 끊고, 주머니에 전화를 넣고, 왼손의 장갑까지 벗어 뒷주머니에 꽂고, B501 시작점으로 빠르게 걸어간다. 벗어둔 가방을 메고, 제초기를 들고, 비탈을 내려간다. *긴 의자에 앉아 있던 노인이. 등이 굽고, 마르고, 머리를 조금 떠는, 백발의, 검버섯이 얼굴을 덮은, 노인이. 가방에서 비닐을 꺼냈다. 감자인지. 달걀인지. 삶아진 뭔가를 꺼내서 조심스럽게, 주변의 눈치를 한참 살피다가 한 입, 베어 물었다.* 그리고 로키가 언제 왔는지 비탈에 서 있다. 비탈 아래 흰 트럭이 보인다. 신입이 트럭 앞에 서 있다. 로키. 로키는 그를 따라 트럭 앞까지 간다. 신입이 주머니에서 간식을 꺼내 로키에게 내민다. *무엇을 확신할 수 있습니까?* 로키의 혀가 잠깐 신입의 손가락에 닿는다. *간지러워.*

그가 운전석에 신입이 보조석에 탄다. 로키는 쓰레기통 근처로 물러난다. *죄의식은 목소리의 형태로 다가온다.* 트럭이 비탈을 내려간다. 모든 날이 두 사람에게 어떤 날인지는 두 사람만이 알겠지만. 하늘이 붉다. 로키가 트럭을 따라 천천히 내려간다. 빛이 너의 손등에 내려앉은 순간. 트럭의 앞은 붉고, 뒤는 어둡다. 두 사람은 말이 없다. 까악, 까악. 까마귀가 울고 묘원은 고요하다. 색이 바랜 장미, 목이 긴 카라, 흰 수선화, 향 없는 백합 들이 바람에 흔들린다. 마음 하나가 놓여 있다. 옮길 방법을 모르겠다. 트럭이 묘원을 빠져나간다. 빨간 후미등이 멀어진다. 로키가 짖는다. 로키가 무엇을 봤는지는 로키만이 알겠지만. 흰 트럭이 달린다.

해설

다른 서사

김나영
(문학평론가)

의심과 무심 사이로

윤해서의 소설을 읽을 때는 흔히 소설의 구성 요소라고 할 만한 것들을 발견하기보다 오히려 상실하려는 시도가 필요하다. 또한 모순적이지만 잃/잊어버리기 위해서라면 '그것'을 이미 항상 알고, 갖고 있어야 한다. 이야기 속에 누가 사는지, 그가 어디에 살고 있는지, 그의 감정과 생각은 어떠한지, 이로 인해 어떤 일을 겪었으며 겪고 있고 겪게 될 것인지를 잃/잊기 위해서 우선 존재하는 것들을 찾아내야만 한다. 이렇게 말해 볼 수도 있겠다. 윤해서의 소설은 서사 양식의 보편적인 규칙에 무심하거나 그것들의 작동을 의심하는 가운데 씌어진다. 가령 소설의 인물과 사건과 배경 들은 완전히 허구적인가, 허구라는 것은 현실의 극단에 놓이는 가상일 뿐인가, 순전한 가상은 가능한가, 현실을 배제한 상상이 가능한가와 같은 질문들이 그의 소설 속에 지나가는 바람이나 소리처럼 흘러 다니고 때로는 거대한 벽처럼 장소를 나누거나 길을 가로막고 있는 것이다.

그럼에도 윤해서의 소설 속 배경과 인물과 사건 들은 어딘가 닮아 있다. 이 모든 것이 가깝고 익숙한 거리에서 일어났다가 사라진 것인 양. 이 소설집에 묶인 작품들에 국한해서 본다면 인물들이 매일 행하는 일, 그들 개인이 일상적으로 경험하는 노동이자 사건이 타인 삶의 배경이 되기도 한다는 점을 기억할 필요가 있다. 매일 같은 길을 정해진 시간에 오가는 버스 운전사나 산 자들의 방문이 흔치 않기에 어제와 오늘 별반 다르지 않을 무덤들을 그럼에도 매일같이 관리하는 묘 관리원이 그렇다. 일상을 유지하기 위한 노동에 얽매여 있지 않은 경우에도 어떤 인물은 매일 비슷한 경로로 동네 산책을 하고, 또 다른 인물은 떠난 가족의 방에 남겨진 흔적들을 되짚어보는 일을 일과로 삼는다. 그러니까 윤해서의 소설은 얼핏 현실과 무관해 보이는, 혹은 현실적인 것들에 반하는 배경과 사건과 인물을 통해서 씌어지는 것 같지만, 자세히 들여다보면 그 반현실적이고 비현실적인 구성의 조건들이 결국에는 지금 여기, 독자의 현실에 관한 가장 노골적인 질문이 된다는 말이다.

옛날, 옛날 아주 먼 옛날, 세상에 그리스도는 물론 그리스·로마 신들도 나타나기 전. 신화도, 성경도, 옛날 옛날에 이렇게 시작되는 이야기도 시작되기 전. 그 옛날, 첫 자살이, 인류 최초의 자살이 있었다. 사람들은 아직 시계 속에 시간을 잡아 가두지 못해서 시간은 제멋대로 굴러다니고 아침과 저녁이, 해와 달이 그저 지루하기만 했던 시절. 땅을 사고, 판다는 생각은커녕 땅을 파고, 씨를 뿌린다는 생각조차 뿌리내리기 전, 사람들은 믿음에도 죄책감에도 물들지 않은 상태로 금기도, 도덕도 없이 살고 있었다. [……] 사람들은 너무 멀리 떨어져 살았다. 얼굴이 하얀 사람도, 까만 사람도 있었지만 국가나 민족, 경계 같은 것들을 주장하며 싸울 이유가 없었고, 특별한 어떤 일이 많지도 않았지만 어떤 일도 기록하거나 기억하지 않았기 때문에 역사가 없었다. 전쟁도, 문화도, 종교도 없던 시절. 이런 말들은 물론, 어렴풋한 개념조차 없었던, 아무 기억도 남지 않은 그 옛날의 이야기. 이 이야기는 돌아오지 못한 사람들에 대한 이야기이며 동시에 돌아갈 곳 없는 이 시대에 대한 이야기이다. (「최초의 자살」, 『코러스크로노스』, 문학과지성사, 2017, pp. 191~92)

윤해서의 등단작 「최초의 자살」에서 어느 날 아침, 여느 때와 같은 출근길에서 영문도 모른 채 미지의 시공간으로 이동하게 된 세 사람은 살아남기 위해 그저 한 방향으로 계속 걷는다. 그곳에는 마치 태초의 인간이 그러했듯 벌거벗은 채 본능적인 욕구에만 충실한 사람들의 세계가 펼쳐져 있다. 남자와 여자, 아이와 노인이라는 구별조차 없는 곳. 피부의 색깔이나 탄력 같은 것은 그가 누구와도 다른 존재라는 표식에 불과할 뿐 그저 어우러져 사는 일만이 중요해 보이는 곳. 그러한 곳에서 인간은 자신의 본능을 따르며 존재하거나 존재하지 않는다. 문명이라 할 만한 일상의 빼곡한 조건을 단번에 잃고 과거로 짐작되는 시공간에 도래한 세 사람은 그곳을 벗어나기 위해서 가던 방향으로 계속 걸어갈 뿐이다. 첫 소설에 그려진 인물들의 그 움직임은 이후 윤해서 소설의 중요한 모티프가 되는 듯하다. '한 방향'으로 어떤 힘이나 운동을 계속 작용시키는 것. 또한 그것은 인물이 현재, 혹은 지금 여기라고 인식하는 시간과 공간으로부터 벗어나기 위한 유일한 대책이기도 하다. 이쪽이 아닐 수도 있지만 저쪽이라는 보장이 없으므로 일단은 끝까지 가보는 것, 가장 문제적이라 할 만한 상황은 그저 지금 여기에 머물러 있는 것. 이 같은 문제 상황을 제시하고 대책을 생각하고 상상해보는 게 윤해서 소설의 역할이라면 그것은 이번 소설집에서 조금 더 확장되어 삶과 죽음에 필요한 조건에 관한 질문으로 펼쳐진다. 그에 더해 이야기는 누군가의 삶과 죽음에 어떠한 역할을 하는가. 여기에 묶인 소설들에서 말과 글과 비언어적 형식으로 떠도는 삶과 죽음에 대해 구체적으로 묻고 답해보려는 시도를 발견할 때마다 윤해서 소설 속에서 '최초의 자살'은 여전히 살아 있는 형식이라는 점을 확인하게 된다.

확신 없는 자

 윤해서의 소설은 이야기를 계속하는 일이 인간의 이성을 상대하는, 즉 그것을 의심하고 때로는 해체함으로써 다시 그것을 강건하게 만드는 작업이라고 여기는 듯하다. 인간이 가진 이성의 한계는 어디까지일까. 전문적인 분야의 심오한 지식을 동원하지 않더라도 우리는 저마다의 기억과 감각과 사유와 상상으로 거기에 답해볼 수 있다. 가령 빛과 어둠, 말과 침묵, 참과 거짓, 현실과 꿈, 삶과 죽음 등. 하지만 윤해서의 소설은 세계에 대한 이해와 상상에서 여전히 공고한 이분화 그 자체를 겨냥한다. 그가 '거듭 이야기'함으로써 강화하고 마침내 무화하려는 것은 바로 세계를 두 개로 나누어 보는 언어, 울타리, 시선 같은 것이다. 무언가를 지칭하는 단어들, 소속감을 만드는 경계들은 그의 소설 속에서 결정과 수정과 취소를 반복하며 끝내 무화되는 중이다. 그의 소설은 거듭 무언가를 부수고 있다.

「8분의 9박 드로잉」의 화자는 자신의 그림자를 '문'이라 칭한다. 그것은 여기가 아닌 곳으로 건너갈 수 있는 가능성으로서의 문(門)이자, 여기에 있는 화자 자신의 감각과 사유를 반성하면서 머물러 있지 않도록 독려하는 역할로서의 문(間)이다. '문'은 언제나 화자에게 '딴생각'을 하게 하는 존재의 이름이므로 그들은 결코 만나지 못한다. 화자가 '문'에 대해 생각하는 일은 생각의 원래 목적과 '딴' 길로 계속 빗나가게 될 뿐이기 때문이다. 따라서 이야기는 '문'의 정체를 해명하려는 듯하지만 독자는 이 과정에서 '나' 자신을 스스로 규정하거나 적합한 언어로 타인에게 자신을 소개할 수 있는가를 질문하게 된다. '나는 누구인가'와 같은 형이상학적 질문에 답하기 위해서 자신의 존재 조건을 치밀하게 헤아려볼 수도, 자신을 둘러싼 세계와의 관계를 살펴볼 수도 있을 것이다. 윤해서의 소설은 '끼니'라는 방법을 취해본다. 말 그대로 유기체로서 생명을 유지하기 위해, 살아 있기 위해 일정 정도의 음식을 섭취해야 한다는 점은 부정할 여지가 없는 사실이다. 그의 소설은 삶, 살아 있음, 살아나가는 일, 살아남는 일을 유기체로서의 한 인간이 결코 떨쳐내지 못하는 공고한 사실을 통해 자신을 구성하는 원리와 성분 등에 관해 생각해보게 한다. 그동안 한 인간을 구성하는 것에 대해서라면 주로 언어나 문화, 혹은 경제적인 조건을 떠올려왔으나 윤해서의 소설은 가장 근원적인 자리로 돌아가본다. 이름도 나이도 성별도 직업도, 인간 사회의 현실적인 모든 조건을 지운 다음 한 개인으로서 자기를 구성하는 것에 대해서 질문해보는 일은 어째서 중요한가.

예를 들면 한여름에 옷을 잔뜩 껴입고 인파가 북적이는 도심의 지하철역 입구에 있는 사람을 떠올려보자. 그는 가만히 있지 않고 자신을 바라보거나 지나치는 사람들 속에서 입은 것들을 하나씩 벗는다. 그를 수상히 보는 시선은 우선 헐벗어도 힘든 날씨에 겹겹이 입은 옷으로 향한다. 다음으로 그 표피가 그 자신에 의해서 하나씩 벗겨질 때, 그가 옷을 껴입은 이유가 어쩌면 옷을 벗는 행위를 반복하기 위해서가 아닌지 의심해보게도 된다. 단순히 미친 사람으로 치부할 수도 있을 이 인물의 행동을 주시할 때, 그것을 주시하는 화자의 시선 끝에서 그 존재는 다른 가능성을 덧입게 된다. 그의 수상함을 공공의 질서를 해치는 심신의 미약함이 아니라 비슷해 보이는 군중 속에서 자신을 발견해보려는 특유의 몸짓, 즉 개인적 퍼포먼스로 해석해볼 수도 있다. 그것은 일종의 고투와 같다. 이처럼 인상적인 장면을 통해 그의 소설은 '나'를 발견하기 위해 타자들 속으로 투신하는 일은 그 자신이 또한 타자적인 것이어야 한다는 사실을 일러준다.

「8분의 9박 드로잉」의 울타리 밖으로 나갈 수 없는 사람(p. 59)은 「두 발 움직이면 세 발 따라붙는」의 화자와 닮아 있다. 두 소설이 공통적으로 강조하는 것은 '나' 자신에 대한 증명이 곧 그가 상대하는 '당신'이라는 존재의 확인이기도 하다는 점이다. 레비나스와 라캉이 말한 타자를 통해 발생하는 주체의 자리를 떠올리게도 되지만, 더 중요한 것은 윤해서 소설이 끝내 천착하는 문제가 일종의 불가능한 관계에 대한 상상이라는 점이다. 그는 자신을 확인하는 일이 이 세계의 어느 부분과도 무관한 상태로서 유일하게 존재하는 '나'를 발견하려는 시도가 아니라 오히려 물리적으로나 심리적으로 '나'와 가장 가까운, 성분이 비슷한, 친밀한 '당신'을 발견하고 그와의 관계를 해명하는 과정으로서 겨우 가능할 수 있다고 보는 듯하다. '나'와 '당신'을 잇는 '우리'는 언제나 어긋나지만(「8분의 9박 드로잉」, p. 46),

무(나) - 무화(당신) - 물화(우리)

이러한 공식을 만들어보는 것은 어떨까. 윤해서의 소설에서 무심하게 반복하는 '끼니'는 수없이 흘려듣게 되는 소리들로 대체되기도 한다. '나'를 구성하는 것은 없다고 할 수 없는, 이런 종류의 무(無)들이다. 개인의 끼니는 오직 살고자 하는 꿈이나 목숨을 걸 만큼 사랑하는 이와의 이별 등으로 거듭 변주되고, 정체를 알 수 없는 소리들이 반복해서 나타났다 사라진다. 이처럼 그의 소설에서 '나'는 무언가가 있다는 것을 일시적인 확인 내지 거듭 의심함으로써 지워지는 믿음으로만 존재하는 허공의 이름이다. 그래서인지 윤해서 소설 속 화자들의 '돌아봄'은 특별하다. 돌아봄은 대개 분명한 목적, 혹은 명확한 호명이나 지시가 있어서 이뤄지기 일쑤인 행동인데 그의 소설에서 인물들의 돌아봄은 완전히 반대의 원인으로 이루어지기 때문이다. 그들은 무심히, 그저 돌아본다. '돌아보면 없다'(「8분의 9박 드로잉」)는 진술은 곧 무는 돌아본 자리의 이름이라고 해석해볼 수도 있겠다.

  무의 무화는 「변성」에서도 비유적으로 포착된다. 무덤가에서 함께 끼니를 때우는 사람들, 묘 관리원들의 매일 반복되는 행위를 묘사하는 데 대부분이 할애되는 이 소설에서 인물들은 "*밥이 나를 재배한다. 체념이 나를 지배한다. 죽음이 나를 재배한다*"(p. 205)라고 말하기도 한다. 이들에게 '봉분'과 '곤궁'은 떼어놓을 수 없는 의미를 거느리는 단어이다. 어째서 그런가. 묘를 관리하는 이들의 일과는 풀을 움켜쥐고 베어낸 다음 자루를 움켜쥐고 베어낸 풀들을 담는다. 빈 자루라는 구멍을 채우는 일이 이들의 매일 반복되는 업무의 주된 내용인데, 이처럼 묘의 잡초를 제거하는 일은 소설의 말미에 구체적으로 진술되듯 구멍(묘)에 구멍(뽑힌 풀이 있던 자리)을 내는 일이다.

구멍에 구멍 내기

「변성」의 인물이 구멍에 구멍을 내는 일, 온종일 구멍을 상대하는 일은 「재현과 현시」에서 '넛'을 상대하는 화자의 고투와도 겹쳐진다. 이 소설의 첫 문장에서 화자는 넛이라는 가상의 대상을 "넛은 그의 상상에 따라 매일 새로운 것을 나누는 경계가 되었다"(p. 10)라고 설명한다. 그러니까 넛이라는 것은 도넛이나 땅콩처럼 단일하고 그 경계가 분명한 사물을 지시하는 이름이 아니라 시시각각 그 형태와 속성을 달리하는 무엇이다. 하물며 그 변화의 계기가 "그의 상상"이라는 가장 추상적이고 막연한 데 있기 때문에 그 자신은 물론 독자들이 넛이라는 것을 상대하는 데에는 상당한 어려움이 따른다. 이 막중한 대상을 소설에서는 넛이라고 명명하고 있지만 소설을 읽는 독자 저마다는 자신이 끝내 외면하지 못하고 꼭 해결하고 싶은 어떤 문제들을 여기에 대입해볼 수도 있을 것이다. 그렇다면 이 소설은 그렇게 저마다에게 다른 넛을 호출하는 데 의의가 있을까. 앞서 묘 관리원이 묘에 난 잡초를 뽑는 일을 구멍에 구멍을 내는 일로 해석하면서 그 요원한 일이 넛을 상대하는 일과 흡사해 보인다고 한 것은 구체적으로, 이 소설의 화자가 나름의 계획(자신에게는 넛을 한꺼번에 무너뜨릴 힘이 없으니 동일한 지점에 지속적인 힘을 가해서, 즉 낙숫물로 바위를 뚫는 전략으로)으로 마침내 넛에 금을 내고 구멍을 냈을 때 그 구멍을 통해서 넛 너머나 자신의 상상을 초월하는 세계를 발견한 게 아니라 새로운 막연함["좋지 않은 재질의 모직 코트"(p. 20) 같은]을 마주했다는 점을 떠올려보자.

"좋지 않은 재질의 모직 코트"는 오랜 시간 입어 낡은, 궁핍한 삶의 외피를 비유적으로 드러낸다고도 볼 수 있겠다. 「변성」의 곤궁이 그러했듯, 「재현과 현시」의 넛 이후 동굴 같은 구멍에서 마주한 이 낡고 보온성이 떨어져 보이는 코트는 작가의 장편 『0인칭의 자리』(문학과지성사, 2019)의 인물이 입었던 검은색 모직코트(p. 9)를 떠올리게 한다. 그 작품에서 작가는 굳이 인물이 입은 코트의 궁색한 질감을 묘사했는데 그 코트의 조각이 넛의 구멍 속에서 다시 감지될 때, 윤해서의 소설을 오래 따라 읽은 독자들은 단순히 두 소설의 주제 의식이나 세계관이 서로 연결되어 있다는 판단에 더해 어쩌면 저 외투가 나의 것인지도, 아니면 내가 아는 이의 옷, 내가 한 번쯤 스쳐본 적이 있는 대상이라고 감각하게 되기도 한다. 윤해서 소설의 정수는 바로 이곳에 있지 않을까. 별것 아닌 듯하지만 실상 한 인간이 자신의 삶을 생각할 때, 그것의 의미와 방향을 생각하거나 상상해볼 때, 윤해서 소설은 그게 무엇인지 정확히 모르겠지만 자기 안으로 끌어들이게 되는 말과 존재와 이름 들을 언급하면서 비유적으로 그 상황을 제시해준다. 우리도 매일 자기만의 넛을 깨부수려고 정해진 시간에 일어나 일을 한다. 매일 다른 계획을 세우고 나와 상대를 파악하려는 시도를 하더라도 그 모든 의지와 노력이 무화되는 것만 같은 막막함을 견디며 살아간다. 그러던 어느 날 나와 나의 가족의, 친구의, 모르는 이의 코트가 날씨에 비해 너무 얇고 낡아 보인다. 구체적이고 생생한 사건, 있음 직한 말 그대로 리얼한 이야기를 통해서 그러한 질문을 해볼 수도 있겠지만, 윤해서의 방법은 그 모든 말이 구체적이면 구체적일수록 실제 삶의 부분 혹은 개인의 고투와 어긋날 수 있다는 것을 알기 때문에 구체적으로 진술하거나 묘사할 수 없는 장면들을 모아놓기로 작정한 것처럼 보인다. 이를 모든 서사가 시작되는 출발점이라 할 수 있겠고, 모든 서사에서 요소들을 생략한 채 뼈대만 남긴 것이라고도 할 수도 있겠다. 뭔지 모르겠는, 말로 모두 전할 수 없는 이 막연한 세계에서, 또한 기계가 인간의 삶을 모두 저장하고 인간보다 더 잘 전달하는 시대에 문학은 대체 무엇일 수 있는가. 윤해서 소설은 감각과 생각과 상상이 어떤 역할을 할 수 있는가를, 우리의 삶에 계속 문학이 필요하다면 그 이유는 무엇인가를 질문하기 위해서 반복한다.

이상한 반복

   끈끈이나, 끈끈이풀, 끈이대나물. 이상한 반복이라고 생각했다. 왜 자꾸 같은 일이. 눈이 나빠졌나. 침침하네. 조금도 같지 않은 일을 같은 일로 생각하면서. 다른 사람들을 거의 한 사람처럼 생각했다. 마음이 나빠진 건 한참 뒤에야 알게 된다. [……] 집에서 듣는 빗소리. 지붕에, 나뭇잎 위에, 흙 위에, 도로 위에 떨어지는 빗소리. 그런 것과는 거리가 먼 그 소리는 시작되었고, 내가 나에게로 빠르게 떨어져 내리는 기분. 빛도 굉음도 없는 충돌. 침대에 가만히 누워 반성했다. 나는 끝까지 내가 무엇을 반성하는지 알 수 없을 것이다. 모르는 얼굴들을 떠올렸다. 그런 생각을 멈출 수 없다. 모든 순간의 내가 나를 넘어뜨린다, 대부분의 사람은 들었다. 생각해본 적 없는 방식으로. 한 번도 상상한 적 없는 방식으로. 이상한 마음이 된다. (「리듬」, pp. 65~66)

   반복은 「리듬」에서 본격적으로 그려진다. 이 소설에서 반복되는 것은 정체를 알 수 없는 소리다. 다른 소설에서 화자의 의지에 따른 행위가 반복되었던 것과는 다르게, 소리는 비의지적인 반복의 대명사로 윤해서 소설에 거듭 등장한다. 「두 발 움직이면 세 발 따라붙는」에서는 매일 비슷한 일과를 반복하는 화자의 행동 양상, 거듭 들려오는 소리, 즉 화자의 의지와 비의지가 공통적으로 반복에 묶여 있을 뿐만 아니라 의지와 비의지 사이 일종의 스펙트럼을 이루고 있는 갖가지 반복이 있다. 의지도 비의지도 아닌 노동이 그렇다. 앞서 말한 「변성」의 '그'는 그 일이 직업에 의한 것이기 때문에 계속한다. 묵묵히, 일종의 기계처럼, 별다른 감정적 반응에 흔들리지 않고. 구멍을 구멍이라고 의식하지 않으면서. 그것은 그저 허무를 견디는 일일까.

문제는 윤해서 소설의 그러한 반복이 무의미를 낳고 허무를 낳는데, 그것은 때때로 역사나 사회에 관한 의식, 즉 공동체적 시간에 관한 것이라는 점에 있다. 역사가 무의미하고 허무하다는 말이 아니다. 어쩌면 역사는 그렇듯 무의미하고 허무해 보이는, 분명한 의도나 목적이 있어서라기보다는 대부분의 경우 그저 묵묵히 견디는 힘에 의해서 지속되어왔다는 것일까. 「리듬」에서 "멈추는 법을 몰라서 계속 돌렸"(p. 84)다고 쥐불놀이를 놀이가 아닌 방식으로 경험한 자의 고백이 씌어질 때, 정해진 노선을 따라 온종일 반복해서 운행하는 버스 운전사인 장의 아들이 "운전이랑 똑같아요. 흐름을 타야죠. 흐름을"(p. 97)이라며 큰돈을 번 방법을 이야기했을 때, 허무와 무의미에 붙은 '무'를 채우는 없지 않은 것들을 생각해보게 된다. 목적이 없어서 아름다운 불꽃처럼, 세상이 의미와 가치로 지정해놓은 자리와 방법에서 벗어났을 때 얻게 되는 우연한 의미와 가치야

말로 허무와 무의미의 존재 이유가 아닐까.

　「우리의 눈이 마주친다면」은 1분 15초 차이로 태어난 쌍둥이 남매의 이야기다. 소설의 시점(時點)에서 오빠는 실종된 상태다. 이미 이전에 사라졌다가 오랜 시간이 흐른 후에 정신을 잃고 돌아온 적이 있는 오빠는 엄마의 죽음 이후 생사를 알 수 없는 듯하다. 남겨진 '나'는 가까스로 오빠를 찾아 헤맨다. 그 추적은 생각과 기억에 의존한다는 점에서, 또 오빠에 관해 내가 갖고 있는 정보들이 아니라 무엇보다도 오빠 자신의 것들이라 할 만한 내용의 힘을 빌려 이뤄진다는 점에서 특별하다. 오빠가 어떤 성품을 가진 사람이었는지를, 그가 자기 일의 의미와 목적을 어떻게 설명했었는지를, 국어 선생으로서 마땅히 해야 할 노동의 가치를 통해 어떠한 보람과 긍지를 가졌었는지를 '나'는 기억해낸다. '나'의 기억을 통해서 오빠의 삶은 '나'의 아들의 지금과 연결된다. 학교에서 배운 것들을 '나'에게 알려주는 아이의 말을 통해서 '나'는 오빠와 대화하는 듯하다. 헌법이 가장 우선하는 인간의 존엄과 가치를 묻고 그때의 인간이 살았든 죽었든 모든 인간을 가리키는 것이냐는 아이의 물음에는 살았는지 죽었는지 모르는 오빠의 안위에 대한 염려가 깃들어 있다. 아이의 말은 먼 우주에서 수억 광년을 지나 여기에 도착한 별빛처럼, 오빠를 그리워하는 지금의 '나'에게는 적확하게 도달한 (무)의미가 된다.

이 소설이 전하는 것은 지금 여기에 있는 한 인물이 지금 여기에 없는 한 인물을 그리워하는 일이며, 그 일이 그저 마음이나 머릿속에서 일어나는 추상적인 게 아니라는 점이다. 누군가에 대한 생각과 기억은 그를 그리워하는 다른 누군가의 몸과 연결되어 있다. 단순하게 말하면 이 소설에서 그리움은 '우리'라는 보통명사를 생각하고 기억하는 과업으로 이어지고, 그것은 그리워하는 이의 아이의 말을 통해서 다시 화자에게로 돌아온다. 소설의 말미에 "*우리에겐 공동의 빛이 있어*"(p. 183)라는 누구의 것인지 모를 목소리는 봄꽃 터널에서 자신이 "한 줌 빛으로 만들어진 생명"(p. 185)처럼 여겨진다던 오빠의 말(첫사랑의 기억에 의한), 소금 사막에 누워 "어둠보다 더, 별이 많아"(p. 186)라고 했던 오빠의 말과 일맥상통하게 된다. 개인의 육체와 세계는 빛이라는 통로로 서로 이어져 있고 그것을 소설은 '우리'를 정의하는 과정으로 삼아본다. 소설에서 그 관계를 성(性)이 다른 쌍둥이로 설정한 데에도 그런 이유가 있지 않을까. 이 소설이 끝내 찾지 못한, 그러므로 다시 만날 가능성을 간직한 오빠를 향해 "내가 너였더라면"(p. 187)이라는 가정으로 마치는 것 역시도. 그 말이 어떻게 소설의 제목인 "우리의 눈이 마주친다면"과 연결될까(매일 같은 시간에 운동하는 여자와 매일 같은 속도로 걷는 여자가 눈이 마주치는 장면. 그 낯선 여자의 얼굴이 내 얼굴이었다는 것. 탈의실에서 아무것도 입지 않은 맨몸의 여자들이 거울 속의 자신을 바라보며 서로 대화를 나누던 장면).

허구와 믿음

'생각하다' '믿다' '사랑하다' 이 세 단어가 모두 동사이고, 이 말들이 사람의 인생을 바꾼다던 오빠의 말을 쥐고 인간의 존엄과 가치를 생각하는 「우리의 눈이 마주친다면」의 화자는 「가장 오래된 포털」의 화자와도 닮아 있다. 사건의 윤곽이 분명히 드러나지는 않지만 나선형으로 반복되는 진술 안에서 이 화자의 갈등이 연유하는 바를 짐작할 수 있다. 이 소설은 우선 초점 화자가 거듭 호명하는 '당신'이 분명하지 않다는 점에 갈등의 원인이 있다. 소설의 도입부에서 '당신'은 '말하는 당신' '듣고 있는 당신' '웃는 당신' 등으로 구별된다. 물론 동일인물인 '당신'이 말하기도 듣기도 웃기도 한다는 가정 또한 가능하지만 소설은 명사보다 동사에 강조점을 두면서 궁극적으로는 어떠한 움직임의 속성이 그 움직임이 지속되는 동안이나마 주체를 결정한다는 것을 보여준다. 그러니까 말하고 듣고 웃는 행위가 동일인물에게서 발생하는 것이라 하더라도, 움직임의 속성이 달라지는데도 불구하고 고정된 인격이라는 것을 확인할 수 있는지를 질문한다.

「가장 오래된 포털」의 질문은 믿음이 어떻게 가능한가인지도 모르겠다. 이 소설에서 구름을 통과하는 바람이나 음악처럼 "잠깐 스쳐 지나"(p. 103)가는 것들은 믿음을 야기하는가. 흔히 흘러가는 것, 스쳐 가는 것, 머무르지 않는 것, 고정되지 않는 것, 변하는 것과 믿음은 서로 무관하다고 생각한다. 하지만 이 소설은 감각, 생각, 상상, 믿음이 순서대로 연결되어 있다고 말한다. 즉 소설에서 자기 자신에 대한 확인은 믿음의 다른 이름인데, 자신을 확인하는 방법은 '무심히 듣게 되는 말들, 소리들'이며 소리를 완성하는 것은 당신의 기억, 감각과 생각과 상상을 아우르는 것이기 때문이다. 끝내 구체적으로 대면하지 않더라도 당신 안에 머물렀다 가는 것의 흔적들이 당신을 이루는 것이기 때문이다.

우주는 검고, 밤은 어둡지만. 내내 손을 잡고 걸어가는 사람들이 있어. 당신은 걷다가 지쳐 하늘을 봤고, 멀리 뜬 달을 봤어. 달 위로 구름이 지나갔던가. 당신은 정말 오랜만에 버스가 타고 싶어졌지. 어디로 가고 싶은 거지. 뉴스는 계속해서 먼 나라의 소식을 전하고. 당신은 눈을 감고 버스 창에 머리를 기대고 있어. 빛을 그대로 통과시키는 얇은 분홍 잎들. 바닥은 떨어진 꽃잎들로 가득하고. 버스는 달려. 당신은 무리의 중간쯤 서 있어. 같은 학교 사람들이 당신 주의에 있어. 당신은 조금쯤 불안하지만 그만큼 안전하다고 느끼기도 해. 당신은 혼자가 아니고 당신의 무리 속에 있어. 당신은 앞에 있는 뒤통수를 봐. (「가장 오래된 포털」, pp. 117~18)

또한 이 믿음은 이렇게 개인을 구성하기도 하지만 집단(우리)에 대한 것이기도 하다. "당신은 무심히"(p. 110) 걷는다. 믿음이 믿음을 뒤따른다. 여느 무리에서 개인이 존재하는 방식이 그렇듯 당신은 당신의 기억과 당신이 알게 된 사실들 사이를 스쳐 지나간다. 이처럼 거리를 두고 스쳐 지나가면서도 서로에게 흔적을 새기는 양상은 바람이나 소리 같은 감각적 소여들이 개인과 관계 맺는 양상과 흡사하다. 애초에 발생하는 자리나 이유나 의미를 따져 묻지 않고 들려오는 대로 그저 받아들일 뿐인 멈추지 않는 소리들이 윤해서 소설의 곳곳에서 반복되는데, 이 반복으로 개인의 감각과 생각과 상상이 구성되고 그러한 개인들이 한쪽 방향으로 흘러가면서 집단을 형성한다. 그러고 보면 윤해서 소설의 '우리'는 그러한 집단이기도 하고, "모두 한 방향을 향해 걷고" 있는 한 무리의 흐름을 보고 "사람들이 가는 반대 방향으로 걷기 시작"(「가장 오래된 포털」, p. 103)한 이들을 지칭하는 말이기도 하다. 여기서 소리는 우리를 낳고 우리는 소리를 낳는다.

개인과 집단, '당신'과 '우리'의 형성과 움직임은 윤해서 소설이 감각과 생각과 상상으로, 마침내 '나'의 반복을 통해서 오랫동안 답해온 질문이기도 하다. 그의 소설이 타자(성)의 불확실함에 맞서보려고 할 때 강화되는 것이 주체(성)가 아니라 타자와 주체를 맞세우는 세계의 논리와 경계였던 것처럼, '우리'에 대해서도 그 조건의 불확실성 속에서 일말의 전망과 희망을 그려내고 있다고 할 수 있을 것이다. 이번 소설집에 실린 일곱 편의 소설에서 사회와 역사가 무엇인가를 질문하거나 실시간으로 업로드되는 뉴스의 헤드라인을 받아쓰는 일에서도 작가의 '우리'에 대한 기대를 엿볼 수 있다. 그것을 그의 한 화자는 '기억과 싸우는 일'이라고 하기도 했다(「가장 오래된 포털」, p. 120). 주지하듯 기억과 싸우는 일은 동시에 망각과 싸우는 일이기도 하다. 윤해서 소설의 반복이 특유의 문체와 같은 어떤 고유함의 강화를 통해 소설 전반의 주제 의식이라 할 만한 무화를 증명하듯, 소설 바깥 우리의 삶에서 단단하게 무화되고 있는 것이 무엇인가를 돌아보아야 하겠다. 마침내 당신과 그것의 눈이 마주치기를.

발문

기억과 망각 사이를 떠도는 존재를 '읽는' 문장들

이제니
(시인)

　윤해서는 고유한 언어 실험과 독창적인 시간 감각, 그리고 기억과 망각에 대한 집요한 탐구를 통해 현대소설의 독자적인 미학을 구축해왔다. 그의 소설은 단순히 이야기를 전달하는 수단이 아니라, 언어 자체가 세계와 부딪히며 파열되고 분열되는 새로운 감각을 열어젖히는 장소로서 존재한다. 단어와 단어 사이, 문장과 문장 사이에서 터져 나오는 호흡과 파열음, 그리고 무수히 들려오는 목소리와 목소리 사이의 여백은 독자로 하여금 소설을 읽는 일이 곧 세계를 새로이 체험하는 일임을 자각하게 한다.

　『물은 끓고, 영원에 가까워진다』는 윤해서 문학의 근원적 물음, "잊는 것과 잇는 것 사이에서 언어와 존재는 어떻게 드러날 수 있는가"라는 질문을 다시 불러낸다. 그의 소설인 「〔인다〕」

(『코러스크로노스』, 문학과지성사, 2017. 〈문장웹진〉 2010년 10월 발표)에서 이미 보여주었듯이, 윤해서의 문장은 기존의 언어에 기대지 않고, 의미의 결락을 품어 안는 말들을 고안해 냄으로써 기억과 상실, 존재와 부재의 경계를 뒤흔든다. '잇다'도, '잊다'도 아닌, 오직 '읻다'로밖에 표현할 수 없는 낱말은 사라진 것과 남아 있는 것, 과거와 현재, 언어와 침묵 사이의 틈을 가리킨다. 그 틈에서만 가능한 감각과 응답의 태도를 독자 앞에 내밀며 윤해서는 언어의 경계에서 생성되는 의미의 파편을 더듬고, 시간과 감각의 흔적 속에 남겨진 삶의 불확실한 층위를 탐색한다. 그렇게 '잊는 것과 잇는 것' 사이의 불완전한 간극을 자기만의 문체로 재구성한다.

윤해서를 읽는 일은 존재와 비존재, 삶과 죽음, 기억과 망각 사이에서 끊임없이 들끓는 목소리를 감각하는 일이다. 그는 비선형적인 시간 속에서 전통적인 서사 구조를 해체하고 조각난 문장 위에 잔상과 잔음으로만 남은 존재들을 흩뿌려놓는다. 들리지 않고 보이지 않는 존재의 울음과 울림을 더욱 선명하게 체험하도록 하기 위해서. 죽음과 탄생, 너와 내가 끝없이 자리를 바꾸며, 기억되지 못한 사건-존재와 결코 잊어서는 안 되지만 점점 희미해지는 기억-세계 속에서 언어는 끝없이 분열하며 증식한다.

말이 되지 못한 말들과 말이 될 수 없는 목소리들이 문장과 문장 사이에서 비명을 지른다. 소리 내어 울 수도 없는 마음들은 결국 소리 나지 않는 구멍들로 형상화된다. 그러나 구멍은 비어 있음 그 자체로 남지 않고, 또 다른 구멍으로 채워지며 결국 제 스스로 구멍이 된다. 주체와 타자의 경계가 사라지고, 견디며 내딛는 걸음걸음들은 다가오며 지나치는 걸음걸음 사이에서 다시 무화되고 소멸되기를 반복한다.

윤해서의 소설을 읽는다는 것은 존재하지 않는 자리를 감각하고, 이름 붙일 수 없는 존재와의 접촉을 시도하는 일이다. 그의 문장은 단순한 언어유희나 자동기술로 환원되지 않는다. 윤해서는 언어를 해체하면서도 다시 결합하는 독자적인 언어적 문법을 통해, 불확실하고 불합리한 세계를 탐색하는 실천적 발화를 제시한다. 그 언어적 실험은 격렬하면서도, 동시에 비통함을 감내하는 리듬으로 존재의 결핍과 결여를 적나라하게 드러낸다. 사라진 존재를 복원하려는 집요한 시도 속에서 그의 문장은 늘 새롭게 발명된다. 그리하여 그의 소설은 기억과 망각을 오가는 문장을 넘어, 파열된 언어의 흔적을 환기하고 책임을 묻는 문학적 탐구이기도 하다.

그의 소설은 논리적인 원인과 결과로 수렴되지 않는다. 언어적 규범에서 벗어난 단어와 문장 들은 감각과 정서의 층위에서 반복과 변주의 형식으로 쌓이며, 정합적 시간이나 전형적인 인물의 목소리로서는 드러낼 수 없는 존재의 본질을 그 자신만의 문체로 구현한다. 이런 문체적 전략은 독자에게도 새로운 독해의 방식을 요구한다. 보이지 않고 들리지 않는 것을 보고 듣기 위해서 새롭게 눈과 귀를 열어가는 일. 문장과 문장 사이의 공백, 반복되는 이미지의 심화 속에서, 독자는 말해지지 않았으나 잠재된 의미를 조금씩 감지하게 된다. 말로 옮길 수 없는 감정과 이름 붙일 수 없는 존재를 어떤 형식의 문장으로 견인할 수 있을까. 윤해서는 이에 대해 자신만의 서사 구조와 문장적 울림으로, 소멸 이후에도 남아 있는 무언의 진동을 기록한다.

말해질 수 없기에 더욱 강렬히 남아 있는 문장들. 윤해서의 소설은 언어의 실패 이후에만 가능한 언어를 통해, 지금 여기에서 과거와 현재와 미래의 감각을 되살린다. 현재는 묘사될 수 없고, 과거는 망각 속에서 사라지고, 미래는 아직 도래하지 않았음에도 이미 멀어진다. 아직 오지 않았음에도 이미 무수히 겪은 채로 멀어지는 시간 속에서. 윤해서의 소설 속 인물들은 이 소멸과 생성이 맞물린 시간 속을 살기 위해서, 죽기 위해서, 다시 살기 위해서 오직 견뎌낸다. 잊기와 잇기와 있기를 이어가며, '읻다'를 실천하는 무수한 목소리를 불러들인다. 그럴 때 인물들은 고립된 채로 연결되며 과거의 자신, 혹은 현재의 타인과 동시적으로 조우한다.

 실현되지 않은 가정과 덧입을 수도 있었던 과잉의 가능성 속에서 그들은 무의식적인 동시에 필연적인 읊조림과 함께 삶을 견뎌내고 견뎌낸다. 견뎌내는 방식의 하나로, 사회적 체제에 별생각 없이 순응하려는 인물들은 때로 자신의 배설물을 돌연한 재앙처럼 뒤집어쓰기도 한다. 쿵쿵 짖어대는 길거리의 누렁이와 그를 감시하는 듯한 청회색 눈동자를 가진 옆집 여자 속에서. 끝없이 자신의 내면을 돌아보게 하는 검열자의 눈을 스스로 작동시키면서. 일견 무탈해 보이는 인물들은 이미 내면의 파국과 폭발의 전조를 품고 있으며, 평온한 일상의 풍경은 돌연 위협적인 사건 현장과도 같은 기미를 드러내는 것. 윤해서의 소설은 그런 의미에서 급진적이며 윤리적이다.

 윤해서가 증언하고 있는 어떤 비명을, 어떤 애도를, 어떤 공백을 언어적 리듬 속에서 감각하는 일. 그러다 문득 자기 자신의 눈과 마주치는 듯한 감각을 경험하게 될 때. 오래 울고 있었던 자기 자신을 무너져 내리는 마음속에서 목격하게 되는 일. 윤해서는 누구도 기억하지 않고 누구도 기억할 수 없는 죽음을, 실존의 감각을, 끝끝내 부재와 망각 속에서 길어 올리는 사람이다. 그는 끝없이 묻고 허물고 다시 묻고 파내고 다시 묻고 답한다. 이렇게 윤해서의 소설은 잘 건축된 언어적 구조물로서 감정과 감각의 잔여마저 붙들어 복원하며, 죽음 이후의 죽음, 존재 너머의 존재를 불러들이는 장소가 된다. 삶과 죽음을 잇고, 언어와 비언어를 잇고, 존재와 비존재를 잇는 무한한 가능성으로서의 장소. 고행과도 같은 문학적 실천 속에서 그의 문장은 끝없이 파열하고 다시 봉합되며, 이 세계에서 우리가 단언할 수 있는 확실성의 토대가 무엇인지 질문한다.

책을 덮은 뒤에도, 그의 문장은 우리 안에서 모종의 질문으로 부풀어 오른다. 아직 오지 않은 미래가 이미 지나간 듯 스며들고, 이미 잊힌 과거가 다시 되살아나며, 현재는 늘 의심스러운 얼굴로 우리를 응시한다. 윤해서의 소설은 그 날카로운 응시의 시선으로 현재의 균열을 끝내 외면하지 못하게 만드는 문학이다. 그곳에서 우리는 망각 속에서도 여전히 살아남으려는 언어의 심연을, 그리고 언어를 넘어서는 생의 울림을 만나게 된다.

작가의 말

모르는 사람들 사이에 앉아서 생각한다.

강 위로 불쑥 몇 마리의 원숭이들이 떠오른다.

'붉은 울음 원숭이'라는 이름을 가진 원숭이들이 있다.

갑작스럽게 출몰하는 원숭이들.

사방으로 달려가는 붉음.

원숭이들과 무관하게.

바나나는 바나나 기차는 기차.

없다는 느낌 속에서

하루가 간다.

2025년 여름

윤해서

수록 작품 발표 지면

재현과 현시 웹진 〈비유〉 2023년 2월호

8분의 9박 드로잉―무화無化하는 무無로서 『翁』 2015년 하권

리듬 『翁』 2024년 하권

가장 오래된 포털 〈문장웹진〉 2021년 5월호

두 발 움직이면 세 발 따라붙는 『문학과사회』 2023년 가을호

우리의 눈이 마주친다면 『문예중앙』 2016년 여름호

변성 『굿닛』 2023년 6호